听一首诗歌

练立平 著

团结出版社

图书在版编目（CIP）数据

听一首诗歌 / 练立平著 . -- 北京 : 团结出版社，2021.1

ISBN 978-7-5126-8627-4

Ⅰ . ①听… Ⅱ . ①练… Ⅲ . ①诗集 – 中国 – 当代

Ⅳ . ① I227

中国版本图书馆 CIP 数据核字（2021）第 038729 号

出　版：团结出版社

　　　　（北京市东城区东皇城根南街 84 号　邮 编：100006）

电　话：（010）65228880　65244790

网　址：www.tjpress.com

E-mail：65244790@.163.com

经　销：全国新华书店

印　装：长沙印通印刷有限公司

开　本：210mm*145mm　　32 开

印　张：6.5

字　数：200 千字

版　次：2021 年 3 月第 1 版

印　次：2021 年 3 月第 1 次印刷

书　号：978-7-5126-8627-4

定　价：58.00 元

在生活的缝隙中开掘诗意

顾焕金

认识练立平时，他是一个师者，带领几名学生和我们一块行走在青海游学的路上。或许是受到这一路文学创作思想和方式，经验与体会相互交流与碰撞的影响，他好像一下子推开了文学之门，之后，诗歌、散文等作品频频见诸于报端和文学杂志。今年10月下旬，他将待出版的诗集《听一首诗歌》文稿发给我，并嘱为其作序。勤奋耕耘者的助力请求是不应被拒绝的，我应承了他的要求，愉快地走进了他的诗歌田园。读罢诗集，在我的眼前，练立平陡然又多了一个身份——诗者。从师者到诗者，虽然一字之差，而其间也未存在着必然性，但就是在这职业教师和非职业诗人双轨并行之间，勾勒出一个从教书育人到文学追求的灵魂造型。这种改变，不仅仅是身份的递增和叠加，而是一种精神境界的跨跃和提升，让我从两个维度更加深刻地了解了这位以教育为本，以文学为伴，有着高尚职业操守和高雅精神追求的师者和诗者。

表面上看，练立平象一座沉默的火山，严肃高冷宁静，但内心，却有岩浆般的炽烈、滚烫和奔涌。一旦灵感爆发，便无可阻挡，冲绝一切，喷发出一首首属于练立平特色的诗作来。

一个好的作者，必须是从生活中来，再回到生活中去。在这一来一去之中，作者从热爱生活，认识生活，理解生活，再到高度提炼生活，生动反映生活，完成从现实存在走向理想王国的心灵蜕变，从而发生了由内心感受、发酵、提纯到渲泄的文学反应。

练立平生长在湖南洞庭湖畔的农村，成熟在深圳这座现代化都市中。巨大的生存环境反差和不同的生活经历养成了他爱观察，善思考，肯刻苦，勤努力的优良作风并成为他人生的一种状态。正是这种不断修正，完善，提升自己的进取态度，让他对生活中一切伟大与平凡，壮阔与琐细，美好与庸常的事物怀有始终不渝的热爱之心、亲近之情和倾诉之欲。诗歌便成为他表达这种情怀的应手工具与惯常方式。

诗是作者内心世界的外在折射。对事物感受有多深，其诗意表达就有多真。在诗人的心里，都会藏有一块永远抹不去的隐秘的记忆田野，这片田野，构成诗人一生与之无法割离和失舍的精神原乡。练立平的诗中，同样内蕴着自己的精神原乡。在诗集的开篇《故乡，是一朵鸟巢》中，练立平把儿时对鸟巢的记忆，诗化成一幅洞庭湖畔小乡村的迷人画卷：夕阳温润斜照，百鸟收翅归巢，"在斜阳编织的五线谱间，标出一个一个高低错落的音符"。这鸟巢，风雨无侵，宁静温暖，不仅是鸟儿的归宿，也成为作者"故乡的全部"。如果诗人没有刻骨铭心的生活观察和感受，没有对故乡的血肉之亲，是无论如何也找不到这种暖意十足的诗境的，也无法实现借鸟归巢诉思乡欲的内心愿望。《洞庭，我的乡愁》《那些年，我错过的春色》《那时，空气里弥漫乡情》等诗歌无不是诗人此类心境与情感的表达。以精神原乡为底色,以情感释放为铺染,以朴实简洁的诗句为载体,隐喻诗人爱乡、念乡、恋乡的赤子情怀。一抹乡愁,引发出所有游子对故乡内在情感的共鸣。

练立平写乡情情意笃厚,写亲情也是情动人心。《父亲的年轮》中,以"参天大树的年轮"为切入点,引出父亲以"生命横切的年轮"为家为儿女"画下一个圈",在诗的最后,"黄昏的老树下,父亲的身躯不再强壮……期待儿孙回家的脚步,把他余生的年轮踩满"。父亲是家中的大树,是顶梁柱,是主心骨,但无情的岁月让父亲的年轮在天天增长,长成了一棵老树。这里,有儿子为父亲枝繁叶茂时期的崇拜与自豪,有为父亲给家庭遮风挡雨的感恩和拜谢,更饱含着对父亲渐渐老去的伤感与无奈。父亲的年轮,象大树一样,从青枝走向伟岸,从强壮走向苍老,用这种方式传递儿子对父亲的亲情,透彻身骨,激荡心魂。

诗是理想与现实的文学构造。练立平的诗立足于理想与现实搅拌后浇铸的坚实思想和鲜亮生活的基础上。他诗歌的选材,一部分来源于他的生活过往,一部分取自于他的生活现实,虽然都出于他的亲身经历,但他给这种存在赋予了更多的理想色彩。这种理想,让他的一些作品超越现实,目极远方,仰望美好,追求梦想,生发力量。从他诗集的每一辑的题目上就可读出他的用心:《故园之恋》蕴藏了他对故乡更多的期待与祝福;《理想之国》寄托了他对未来更高的愿景与求索;《现实之城》给予了他对当下更深的思考与积淀;《人生之路》策动了他对生活更远的目标和追求。他从理想梦想等大处着眼，从现实真实等小处入手，每首诗都采取"小切口"的方式进入，没有恢宏的开笔，没有夸张的铺陈，没有无聊的渲泄，有的只是独特的视角观察，形象的思维建构和纯朴的诗意表达。他这样形容农民家中冬日里闲置的镰刀："如一个老人，蜷缩在墙根／贪恋午后的冬阳……休整一个冬季之后／你依然年轻，还要像剑那样出鞘／去田野饱餐，吃出一座座满溢粮仓"。他借镰刀言志发奋，既表达了渴望五谷丰登粮满仓的丰收愿望，也洋溢出他内心锋刃闪耀的昂扬斗志。

　　练立平善于从生活的缝隙中开掘诗意，一个黎明时上学的小女孩的身影，一双于清晨清扫街道的环卫工的手，一盏代驾司机在夜晚打亮的电动车灯，两个睡在石板上的建筑工人，还有街头艺人永远向下的掌心……这些都是生活中稍纵即逝的微妙瞬间，是人们司空见惯的事物，在练立平眼中，却无不闪烁着诗性的光芒，也是他躬身凝神着意捕捉的描写对象，在细微处彰显其独特的洞察力和不同于他人的想象力。尽管他常常把自己的记忆和情感"囚禁"在过往的岁月里，使一些"老照片"式的诗歌具有时空的遥远和历史的纵深感，但在他真实和白描式的表达中，往往把人带入诗境之中，他凭借个人经历的现场感强化了读者在诗中的在场感。

　　人们常说，诗是灵光乍现的产物，是一眼遇见与一闪之念在诗人心中的化学反应。诗人在瞬间完成对客观事物的意象建构，从容而形象地表达出由心之愿而呈现给人的超生活之意，在是与不是，相同与不同之间建立起一种崭新的、富有美感并充满想象魅力的形象关系。练立平正是依循着这个路径，一步一个脚印地完成从师者到诗者的过渡。

　　诗歌是有魔力的，写诗是件让练立平"着魔"的事，以致于勤奋到每天不写上一两首诗就有"虚度年华"的自责感。诗歌与他，如影随形，须臾不离。坐地铁、逛公园、观飞鸟、看流云、听音乐会，甚至在出差的飞机上，都会不倦地收割诗的果实。创作，本是一件"折磨"人的"痛苦"之事，在他看来，恰是一程最为开怀的快乐之旅。一首诗，既能取悦自己，又能感染他人，岂不是人生快哉乐哉之事。这，或许就是他乐此不疲，发愤有加，笔耕不歇的动力所在。

　　生活似诗任咏叹，文学如山凭登攀。练立平走上诗歌创作道路的时间并不长，《听一首诗歌》也是他的处女作，对于正处于满腔热血喷涌向上的亢奋期和日积月累加快自己的奔跑期的他来说，这也是他文学之路的第一行脚印，难免步幅不匀，深浅不一，这也表明，他的创作实践离文学预期还有一段距离，他的作品仍有较大的空间需要提升，如诗歌选题的精度，立意的高度，表现的巧度，语言的纯度，思想的力度和想象的维度等，都应在现有基础上进一步的开阔和拓展，从中国优秀传统诗歌中汲取营养，从中国现当代诗歌创作中借鉴成因，从而使自己的诗歌创作逐渐形成个性特征和独特风格，实现从量到质的飞跃。我相信，以练立平的坚韧和不懈之品质，他会在这条"不归路"上持久的历练下去，不为功名，不为利禄，只为精神富有，灵魂高雅，生活丰满，生命丰盈。而他的目光，也将在寻找生活缝隙的诗意中变得更加锐利，更加高远，更加深邃。

2020 年 10 月 30 日于深圳

（作者系中国作家协会会员，深圳市文联原专职副主席）

目录

序言

在生活的缝隙中开掘诗意……… 001

第一辑·故园之恋

故乡，是一朵鸟巢………… 003

一尾乡愁………………… 005

故乡…………………… 006

洞庭，我的乡愁………… 008

那时，空气里弥漫乡情……… 010

母亲的叙事诗…………… 012

父亲的年轮…………… 014

父亲，是辆永久自行车…… 018

我弄丢了冬天………… 020

家…………………… 022

秋天的稻穗…………… 024

那些年，错过的春色……… 026

农耕牧歌（组诗）………… 029

又闻鸡鸣…………… 039

第二辑·理想之国

听一首诗歌…………………… 043

铺满落叶的小路………………… 045

晾晒………………………… 047

剪一朵烛花……………………… 049

青春信物………………………… 051

邂逅雨巷………………………… 053

西班牙诗纪（组诗）…………… 055

富士山下（组诗）……………… 066

邀你去赏雪……………………… 071

关于雪的联想…………………… 073

梦里飘雪………………………… 075

摘一朵雪花送给你……………… 077

雪之琴…………………………… 079

化鸟（组诗）…………………… 081

天地（组诗）…………………… 096

每片胡杨叶，都是一只眼睛… 100

趁春色正好，作一幅画……… 102

聆听春花的吟唱………………… 103

不负春光………………………… 105

春水里的一幕…………………… 107

慢慢爱春天……………………… 108

春风这一吻……………………… 109

寻找春天………………………… 111

星子满布的夜空………………… 113

第三辑·现实之城

香蜜湖之夜（四首）…………… 117

打捞一轮明月 ………………… 120

诅咒一场暴雨 ………………… 122

在 M193 双层巴士上 ………… 124

睡在石板上的兄弟 …………… 127

黄昏 …………………………… 129

失眠 …………………………… 130

清扫 …………………………… 131

早读 …………………………… 133

虫鸣 …………………………… 134

树荫下的男孩 ………………… 135

致勒杜鹃 ……………………… 137

22 路公共汽车 ……………… 139

摇摇晃晃的人生 ……………… 141

夜空中最亮的星 ……………… 143

剪一段彩虹（组诗）………… 145

龙舟水 ………………………… 155

第四辑·人生之路

温泉 …………………………… 159

假面 …………………………… 161

突然想起你 …………………… 163

云中谁寄锦书来 ……………… 165

掌心朝下 ……………………… 168

季节 ·················· 170

听香 ·················· 171

遮蔽 ·················· 173

只为休憩 ·············· 174

心底的歌 ·············· 175

秋夜 ·················· 176

望海 ·················· 178

夜的叹息 ·············· 179

时光在疯长 ············ 180

卸妆 ·················· 181

海的眼睛 ·············· 183

青瓦上的青苔 ·········· 184

路过一只猫 ············ 185

清浅 ·················· 187

叩拜 ·················· 189

你好，中年男人（组诗）····· 190

2020 的第一天，冒着热气 ··· 195

跋

在钢筋混凝土的丛林中，

诗一样的生活·············· 197

第一辑·故园之恋

故乡，是一朵鸟巢

冬天的梦幻
化作一片西天的血色斜阳
在我的视野里
晕开静静的温暖

倾泻的光束
穿过叶落殆尽的枣树枝桠
为我端出
一朵黢黑的鸟巢
捧出，故乡的全部

鸟巢和夕阳一样慈祥
陡然抓住我的目光
麻雀，斑鸠，乌鸦，喜鹊
齐齐飞来
在斜阳编织的五线谱间
标上一个一个高低错落的音符
谱写一支归巢恋曲

孕育了四节，一朝分娩

一个崭新的生命诞生在冬季

舍弃了红花，舍弃了绿叶

舍弃了一切馥郁和葱茏

万物归于本真，露出真相

故乡的隆冬

化作一朵朵鸟巢

此刻，它们绽开在枯树之巅

是春夏时节

不曾有的黑色之花

是最耀眼的生命

时光多像潮水

涨潮时淹没一切

我们只看到浩瀚和汹涌

退潮时，露出水下的一切

让我们看到原貌与真相

人们呀！与鸟雀一样

在冬日的黄昏

也要纷纷飞向故乡——归巢

2020 年 5 月 26 日晨 于深圳地铁

一尾乡愁

我是八百里洞庭游出的
一尾鱼，与名贵无关
与缤纷斑斓无关
游向大海，是最初的梦

风雨兼程，半生游弋
我已融入蓝色的海
吐出腹中的淡水
大口吸入南海的咸腥

粽叶飘香的夜晚
我凝望大海，也在凝望洞庭
我看见，水里游弋的不是鱼儿
而是，一尾一尾乡愁

2020 年端午晚 于深圳布吉

故乡

故乡
是我生命的原点
奔波辗转
总是绕不过她的目光
时光荏苒
某一刻
仍要把心安放在她的怀抱

故乡
镌刻着我的童年
任岁月如水
千百次的冲洗
乡音湘味已刻进我的生命
那是
辨识度极高的胎记

故乡
是我年少轻狂时
发誓要逃离的小站
火车隆隆

载我去追逐远方

如今

回去却成了梦里的奢望

故乡

在我猝不及防的目光里

陡然苍老

父亲两鬓染霜

母亲脊背佝偻

村头那棵歪脖子柳树

也早已枯干

故乡

是一个水做的女子

多情且易感伤

她缥缈在湖对岸

却总在

某一个静谧的夜晚

牵起我丝一样的愁绪

2018 年 11 月 5 日 于深圳福田

洞庭，我的乡愁

深秋的黄昏

乡愁

是日渐消瘦的洞庭

升起了一缕炊烟

暮色里，有一叶渔舟

孤单地点亮炉火

旋舞的黄叶

挟着我的愁绪

在清冷的夜空翻飞

眼前一片葱茏

梦里，却有个佝偻的背影

拾起一朵枯瘦的莲蓬

幽寂的小村

点一盏昏黄的马灯

照亮那条归家的田垄

刺眼的两束灯光

是都市里车辆明亮的眼睛

看得见街的尽头，却望不到洞庭

遥望洞庭的夜晚
乡愁，在起风的湖面
一阵阵，一阵阵，翻涌

2018 年 10 月 22 日 于深圳福田

那时，空气里弥漫乡情

走在异乡的小巷

忽然，嗅到一阵呛人的炸青椒味儿

瞬间，我的思绪被激活

亲切的湘音湘韵

在我的头顶飘摇，缭绕

心底冒出一股清凉

三湘四水的油菜花开了

比五月的栀子花更香

三月三的荠菜煮蛋，好香甜

母亲端着碗，把村口望穿

她说，在风筝飞满天的时节

满天飞着我的童年

荷香里夹着稻香

鱼虾的腥味也蕴在其中

夏日黄昏，父亲的渔歌

唱响八百里洞庭

零落的夜蝉，不知疲倦

伴少年数满天的星星

金色的秋风，吹红了蜜橘

装在瓶子里，瓣瓣晶莹

落叶松撒落枯黄的细针

铺满冬日小径

树林里晾晒的渔网

似一张张停泊港湾的风帆

一条蜿蜒的村道

牵出元宵之夜的龙灯

喜气洋洋的锣鼓

舞动湖湘的丰收喜庆

那年那月，寒冷的空气里

没有青椒的气味呛人

空气里却弥漫浓郁的乡情

2019 年 4 月 16 日 于深圳福田

母亲的叙事诗

洞庭，是母亲的摇篮
浩荡的平原
母亲用脚掌一步步丈量，一生
都没有找到它的边际
最终，她皈依于这片土地

质朴平凡的母亲
一辈子不善抒情
不停劳作，是她熟谙的语言
日日夜夜讲述，谱写
作一首土地才能读懂的叙事诗

一天天，一年年，一花甲
母亲如陀螺一样旋转
在田野，在村庄，笔耕不辍
一行行，一节节，一首首
写就她心爱的诗行
发表于大地这份权威期刊

在故园的土地上

母亲是一位杰出的诗人
她抒写耕耘，歌唱丰收
诗行里满是稻麦果蔬的意象
挖掘、挑扛、蒸炒、浆洗
是她用得最熟练的写作技法

渐渐干瘦，慢慢粗糙
的双手，却越来越灵巧
总在生活的稿子上笔耕不辍
书写她的梦想与期盼

年逾古稀的母亲
创作无数，发表也无数
可她丰厚的稿酬
毫无保留——都给了儿孙

2019 年 5 月 于深圳福田

父亲的年轮

参天大树的年轮
以三百六十五个日子为周期
时光流逝一个四季
它们就在自己横切的生命里
画下一个圈儿

时光一年年累积
生命里的圈儿亦一层层增加
勤勉执着的大树
力求把圈儿画成完整的圆
并让一个个圆永远同心

大树的浓荫里
曾住着我们的童年
还有陪伴我们成长的父亲
我们一天天长大
父亲一日日老去

老去的日子里
父亲也画下了一圈圈年轮

父亲生命里的年轮

以我们成长的节点为周期

用心去读才能看得分明

那个住着父亲和母亲的家

是一圈圈年轮的圆心

我们一个个依次出生

用自己的小脚丫

在父亲的生命里踩出他的年轮

从呱呱坠地到牙牙学语

从蹒跚学步到跨入学堂

我们欢蹦乱跳的背影

留在父亲的眼睛里

也在父亲心里画下一个圆

从念着ａｏｅ到学着ＡＢＣ

从坐在村小低矮的教室

到去千里之外的都市求学

我们的长进带给父亲惊喜

又给他的心里增添了一个圈

从走出校园步入职场

到站稳脚跟小有成就

从牵手另一半

到走入婚姻的殿堂

父亲的幸福在脸上写满

从孙儿孙女来到人世

到他们笑着绕在父亲的双膝前

从孩子们飞到五洲四海

到他们也学会了感恩祖父

父亲的幸福溢满心间

儿孙们前行的每个步点

都牵引着父亲的目光

他生命里的年轮

随儿孙点滴的悲喜聚散

一圈圈潜滋暗长

如今

父亲已鬓发斑白腰背佝偻

他在故乡守候夕阳

也在守候关于儿孙的念想

迎来时满心欢喜

送走后又开始新一轮回的期盼

黄昏的老树下

父亲的身影不再强壮

他不再是家的圆心

如今
他只能默默在边缘守望
期盼儿孙回家的脚步
把他余下的年轮踩满

2018 年 6 月 6 日 于深圳福田
2019 年 6 月 18 日修改

父亲，是辆永久自行车

父亲
骑着一辆永久牌自行车
车轮，嘎吱嘎吱转着
在湖乡的土路上
轧下一条艰深的车辙
车轮旋转，铃铛脆响
牵引儿女的目光

车后座上
曾坐着儿女们的童年
也载着孩子们殷殷的期盼
驮来一袋圆鼓鼓的西瓜
润泽出夏夜，一个香甜的梦
载回了两篓丰盛的年货
让家人，心里盈满喜悦与温暖

黎明前的黑暗
也不能把车轮阻挡
父亲，载着我奔赴求学的车站
黑沉沉的天幕下

父亲的车轮

总能准确找到坑洼土路上

狭窄且弯曲的平坦

鬓发斑白的父亲

您，就是一辆永久牌自行车

岁月，在车轮钢圈上斑驳

您默默蘸上勤勉，把它擦得锃亮

车座已旧，车头的漆也已脱落

您笑着说车身不会散架

——你们可以骑着他，直到永久

2019 年 6 月 16 日 于深圳福田

我弄丢了冬天

转眼又是小雪了

从北国而来的寒流

被横亘的南岭阻隔

南中国的海滨

鹏城的街道

满目缤纷

簕杜鹃在艳阳下怒放

紫荆花红得像火

空气里找不到一丝凉意

着短衣短裙的人们

脚底下都迸发出热情

在我日夜奔忙的这座城市

小雪徒有虚名

雪更是成了一个奢侈的梦

寒风凛冽的洞庭

白雪飘飘的潇湘

何时把我无情放逐

蜷缩在燥热的街角

我莫名瑟缩着

就像多年前

我在隆冬里瑟瑟发抖

故园一如白雪

在我的脑海愈加陌生渺远

打开衣橱

取出一件薄薄的衬衫

猛然发现

我弄丢了那件母亲织的毛衣

也弄丢了一个冬季

2019 年 11 月 23 日 于深圳地铁

家

无论航程远近
船儿，总需要一个港湾
在风雨中
在漆黑的夜里
将自己，安心停泊

抖落尘土，抖落一身疲乏
有一窗灯火
给蹒跚的归人，笼上温暖
按响门铃的刹那
再厚的坚冰，也瞬间融化

不只是一座房子
不只有一些案几和碗碟
灶台上飘散烟火气
萦萦绕绕的
是缕缕幸福，是缠绵的爱意

有一股神奇的引力
在除夕，把千千万万脚步

导向同一个地方

永不用担心，我们会散开

她，是紧紧牵连的纽带

远隔重洋

总有一份牵挂

那是，梦里不变的向往

归来时，卸下铠甲和伪装

把心妥妥安放

2019 年 11 月 18 日晚 于深圳地铁

秋天的稻穗

原野里

秋阳，把稻穗染得金黄

沉甸甸的成熟

在秋风里

渐次弯腰，舒展眉梢

一粒粒饱满的谷子

贮满农人的喜悦

挥动泛着油光的镰刀

把春天种下的希冀，一一收割

也收割着

夏日里，父亲精准的预言

暮色里

一座座稻草垛

童话一般

托起一轮圆盘样的月亮

一束干瘪的稻子

倔强又骄傲地立着

把头昂得比月亮还高

似乎不是

镰刀把它遗弃

而是，唯有它还站着坚守

月亮在稻草垛

与云朵间，悠闲穿行

牵引着，母亲长长的目光

而我的目光里

有一支依旧挺立的矍铄

恰似，我干瘦的亲娘

2019 年 10 月 21 日晚 于深圳地铁

那些年，错过的春色

感谢上苍
赐予我一个机缘
来与阔别已久的春色相逢
在故园，在洞庭

成片，成片的油菜花
明艳了田野和村庄
绿油油的新草
缀在其间
长出田野活泼泼的生机

一条平整的沥青马路
延伸到视野之外
两侧，有茶花朵朵开
春水荡漾的小渠
把平原切成一块，又一块

它们，曾养育了浩荡湖乡
养育了父老乡亲
那些，不再贫寒的人们

种下千万棵红叶石楠

放眼，我看到簇簇红叶

染红了故园的春天

上一个冬天

洞庭湖曾裸露土黄的肌肤

此刻，嫩草尖

刺破干涸一冬的湖床

绣上，一朵朵绿色的云

绿色湖滩上

点缀，一个个银色水凼

那是，洞庭母亲

迎接春天时

落下的欣喜之泪吧

缥缈雨雾

朦胧了天空，笼着洞庭

晕出了一幅阔大的水墨画

我的眼神，惊喜

从画面上掠过

行色匆匆的人们

错过了一个又一个春天

我，游走在南海之滨

十几载了
也把故园春色弄丢

眼前的春色，是谁赐予
我生命里的惊喜
这些年
错过的美好春天
故园，此时尽数弥补我了吗

美丽的春色，笑而不语
我依然
要由衷感激您
赐予我一个良机
与最美好的故园，欣然重逢

2019 年 3 月 31 日 于湖南益阳南县

农耕牧歌（组诗）

1. 两只筬箕

两只筬箕，叠放在墙角
叠起一段闲暇时光
时光里，有几缕炊烟缭绕

一根竹扁担，两只篾筬箕
挑一担农家肥，挑一担
新锄的青草儿，春天
农人们颤悠悠走进崭新的忙碌

两只筬箕，并排倚在田垄
眯着眼，看看农人在田间穿梭
等一轮通红的落日

夜幕下，两只筬箕
要么空着，要么装着空茶壶
被一个厚实的肩膀
被一根竹扁担，挑回家

2. 远去的犁耙

把沟沟坎坎耙平，把泥块耙碎
把腐烂的紫云英压进淤泥
在我的童年，掀起涟漪

被水牛牵着，被父亲牵着
被悠悠的岁月牵着
在历史长河，溅起浪花

农耕脚步远去，寂寞老牛远去
生锈的犁耙默然远去
父亲的旱烟袋，升起一缕诗意

春风过处，故园依然一片新绿

3. 那只斗笠

那只斗笠，是竹篾编的
表面刷了一层桐油
里面垫着油纸和软棕

那只斗笠

祖父戴过，父亲戴过
幼小的我，也歪歪地戴过

那只斗笠，搁在墙角
小花猫睡过，小黄鸡睡过
黑黢黢的耗子也睡过

那只斗笠，躺在幽暗角落
不笑不哭，不喜也不悲
任春风轻轻吹过

4．冬日的镰刀

吃过了春末的小麦，吃过了夏禾
吃过了，金秋红得发紫的高粱
用秋霜和冬雪把你洗净，轻轻
把你放进冬日的收纳箱

你静静地躺在那里，似乎
从没饱食过五谷杂粮
如一个老人，蜷缩在墙根
贪恋午后的冬阳

父亲却说，你不是老人

休整一个冬季之后

你依然年轻，还要像剑那样出鞘

去田野饱餐，吃出一座座满溢粮仓

5. 梦里的风车

儿时，秋日的午后

金阳把新收的谷子晒干

父亲端起竹篾箩筐，徐徐

把风车的肚子灌满

父亲不是要用谷子喂饱风车

而是，要请睿智的他

甄别出优良中差，再把

泥沙和石子一一剔除

行走在人世，行走在

都市的钢筋混凝土丛林

我累了，在秋日的午后打个盹

梦里，父亲摇着风车

笑笑，为我甄别出

虚伪与真诚，丑恶与善良

6．一只麻雀，落在箩筐上

我是坐着一只竹篾箩筐
被父亲挑着来到这个人世的
我还和弟妹坐着箩筐，走亲访友
这个圆圆鼓鼓的竹器
曾是我们的摇篮

初春，翠绿秧苗坐着箩筐出发
来到波光粼粼的稻田
深秋，金黄谷粒坐着箩筐回家
憩在满满当当的粮仓
一根扁担，两只箩筐
曾挑起农人满是希冀的目光

我看见一只麻雀，落在
墙角倒扣的箩筐上
它啄啄竹篾，啄出一个小洞
一缕阳光从洞口探入
探到沧桑，和筐里的茫然

7. 铁锹的人生

失去了长木柄，你便成了
一块废铁，倒在那儿
就像一个功力全废的武士
在众人眼前瘫倒

祖父曾握着你开凿沟渠
父亲曾挥着你掀起一块块塘泥
我也曾搬着你，切断蚯蚓的身体

旧时光里，你终日锃亮锃亮
每到一处都敏捷犀利
每插进一块土都似刀切豆腐
那些日子，你总满脸得意

岁月无情，历史的车轮
碾碎了支撑你的木柄

现在，你躺在瓦砾堆中
和我家那年久失修的老屋
一起垮塌，一起瘫倒
一起瘫软在岁月里

8.懂一把锄头的心

我想，田园里的万物
都懂得一把锄头的内心

金秋的稻穗，沉甸甸的
洁白的棉花朵儿，吐绽条条柔软
它们纷纷朝着大地低下头
以锄头亲近大地的姿态

阳光下，涌进稻田的清流
也泛着锄头一样的光

芋头，红薯，马铃薯
它们都乖乖地向地面拱，你看
只一锄，它们就露出了可爱的脸庞

那些杂草，原本也是大地母亲
十月怀胎孕育的生命
可它们很懂事，笑着被农人
一锄头，一锄头刨去

我脚背上的伤疤，也从未怨恨
它知道，那是一次多年前的误伤
所以除了那个下午，它呀

再也没有让我疼痛

如今，我远离了乡土和田野
捧一个白玉瓷碗
拨着白花花的米粒儿
我又看到，锄头的身影

9.画里的水车

历史书上，画里的筒车
在我的故乡
它的名字叫水车

那是童年的记忆
关于它的故事，很久很远

年轻力壮的汉子
顶着烈日，登上水车
他们的双脚轮换着下蹬
一遍遍，一遍遍
蹬着由木轮，木片，木槽
联接成的轮回

他们的脚步向下，腰背下弯

头也一律朝下，一个个
低成了水牛拉犁的姿态
木片带动的水，却努力向上

整齐的号子，在水渠边响起
年少的好奇也随着木片一圈圈转
目光，随着哼哧哼哧的水流
爬上岸，流进干渴的稻田

某个黄昏，一群孩子也爬上水车
像模像样地喊号子，蹬踏板
废了好大劲儿
除了把落日笑着转进水渠里
并没转上来几颗水珠儿

这一幕，没有画进历史课本
却封存在我的记忆

10．打稻机的欢歌

嵌着排排铁齿的木滚子
在飞转，轰隆轰隆
在我的记忆里，奏着收获的歌

父亲的脚搁在踏板
一下一下使劲踩
那份坚实，那份力道
在我幼小的心田
播种一些坚定与执着

记忆是一片海
夜夜喧腾，溅起朵朵稻香
喂一大把稻穗
喊几声似火的丰收号子
飞速旋转的滚子
转着金色田野的蒙太奇

听，隆隆的打稻机
兀自，唱着久远的欢歌

2020 年 5 月 于深圳布吉

又闻鸡鸣

一声悠扬又嘹亮的鸣叫

划破黎明

那只勤勉的公鸡

没有站在桑树之巅

被困在母亲日日去捡蛋的鸡笼

声音悠长又旷远

让童年的小溪，瞬间

在我的眼前汩汩流动

也瞬间打开一个记忆库

一个小男孩，调皮地

扯着永远抽不完的毛线团

翻找取之不尽的储蓄罐

母亲的笑骂响在耳边

初长成的公鸡叫得欢

又闻鸡鸣

我在黎明前异常清醒

脑海播放着露天的老电影

又见雪花，如落英缤纷

这一声高亢的鸡鸣

比邻家团年的鞭炮

更恒久响亮

更喜庆吉祥

2019 年 2 月 4 日 于湖南益阳南县

第二辑 · 理想之国

听一首诗歌

我听见远古的风
拂过片片青青的树叶
响起阵阵沙沙的声音

听一首久远的乐曲
在湖面点起涟漪
朦胧了今夜的月光

古老的陶埙
七弦的玉琴
在月色下悠悠和鸣

一袭长衫的乐手
目光里住着缥缈伊人
裙袂飘飘的影子里有风吟

丹桂飘香的夜晚
诗人在幽径深处徜徉
轻巧掐下一片泛着光的花瓣

采撷花瓣的手指

指尖溢出沁人的芳香

指尖流淌出宛转的诗行

我听见纤纤巧手

拨动琴弦也拨动心弦

我听见诗也听见流水潺潺

2018 年 10 月 10 日 于深圳福田

铺满落叶的小路

落叶
是树木写给大地的情书
秋风
把层层叠叠的思念
铺满小路
我光着的脚板
亲近枯叶
向它倾诉对土地的爱恋

不必清扫
也不用焚烧
就让岁月把叶片碾碎
碎成泥尘
尘土里飘溢芬芳
芳香里的时光静好

想弯下腰
听一听
脚板踩碎落叶的声音
就像听

在山涧里悠扬的古筝

嚓——嚓——嚓嚓

铺满落叶的小路

在风中前行

2018 年 11 月 5 日 于深圳福田

晾晒

午后的阳光
慵懒了橱窗后的目光
炙香了咖啡的味道

单曲循环
一首城市民谣
或者，一支来自异国的蓝调

听着不紧不慢的
几声鸟鸣
看着匆匆而过的路人
有种莫名的激动
携着一串诗在脑海翻涌

可惜，没有时间拿起笔
那些冒着泡的词句
成不了行，那就
像晒萝卜干，桂圆干，咸鱼干
一般
把它们晾晒，封存

待不久后取出
就像现在嚼着美洲的蓝莓干
一样，味道也很妙

    2019 年 4 月 20 日 于深圳福田

剪一朵烛花

生活里
到处有智能化的光
煤油灯，蜡烛
只能在幽暗里
把梦点亮

电流
沿着地下电缆
像血液
在都市的躯体里流淌
若断了几根血管
这座城市，或许瘫痪

从前慢的时光
霓虹如鬼魅般狰狞
人们更习惯于
挑一盏油灯
点一支红烛
牵着悠悠的日子，徜徉

夜入三更

执一把剪刀

剪亮渐暗的烛光

亲见，一朵灿烂的笑容

在黑夜里，绽放

2019 年 5 月 2 日 于深圳福田

青春信物

数着镜子里的皱纹和白发
我无端想起青春
想起，小河里杨柳的艳影
树下依偎着腼腆的青春

摘一片绿叶
采撷一朵野花
把心情悄悄编织
红着脸，别在你的发梢

六月的夜晚，蝉在聒噪
离别时没有泪水
互赠一张青春靓照
铭记，彼此永远的欢笑

传递一张小纸条
躲开众人的目光，躲避一双手
读懂沉甸甸的份量
掖在枕下，甜甜入梦

交换一个硬壳笔记本

交换彼此的心意

在扉页上写下一串朦胧

镜子前，我笑看它们为青春作证

2019 年 1 月 18 日 于深圳福田

邂逅雨巷

在一个寂寥的黄昏
我手持一束丁香
于幽寂的小径之上
孤独地彷徨
彷徨中，我左右顾盼
期盼逢着一个雨巷里的姑娘

我想，逢着一股悠远的风
扬起她青蓝色的裙袂
在昏黄的路灯下炫舞
她的脚步无声，又清晰
阵阵敲击我的心坎
眩晕中，心间漂出一串诗行

我倚靠一段颓圮的老墙
数着斜斜的慵懒夕阳
让丁香，立在斜阳下
幽幽开放
期望它们吸引一个姑娘
欣喜又明澈的目光

榕树枝叶间，飘来细雨

我却久久彳亍

不愿离开一份莫名期许

我哼着古老的歌谣

哼出心底的绵绵情愫

期盼那姑娘驻足侧耳微笑

在这个寂寥的黄昏

她或许只是一个渺远的梦

我却固执地在树下守望

我祈祷，不会如丁香般惆怅

我将逢着，一个雨巷姑娘

她手持三本线装古书

吟着诗，撑着一把油纸伞

2019 年 1 月 9 日 于深圳福田

西班牙诗纪（组诗）

1.裁剪

在小暑之日，从深圳出发
飞跃西亚的沙漠
飞跃地中海
在马德里或红或黄的干燥里
惊讶地误入了中国北方的金秋

洁净素朴的高速路，从容
由西向东裁剪大地
一下子，从马德里剪到瓦伦西亚
路旁的草地尽数枯黄
剪好的干草如豆腐块一般
堆叠在山坡，堆叠在盛夏
好奇的双眼找不到秋霜
眼前尽是盛夏的阳光

低低的山丘，缓缓的坡
黄绿错综的小山坳
留下自然裁剪缝制的一件百家衣

迷离间，我回到了古时中国

一座宁静渺远的乡村

而马德里的小小村庄，正真切

依偎着不知名的山坡

没有炊烟袅袅，也没有绿树环抱

却十分和谐又自然

蜿蜒的村道，尽头是高速公路

渐近瓦伦西亚

欣逢一场难得的夏雨

因为地中海边，雨水贵如油

天边，低低的薄云

底端像被裁剪过一般整齐

低矮的山连成几乎没有弧度的线

心间的突兀与尖锐，似乎

在异国的黄昏，被修剪的平平整整

2019 年 7 月 7 日

于马德里至瓦伦西亚途中

2.地中海的风

西班牙蜿蜒的东海岸

有来自地中海的风

吹拂着礁石，沙砾，椰树，长栏

拂过露出海面的光脊背

还有晒在沙滩上的比基尼

海风拂过我的面庞

阳光下，我被浩瀚的湛蓝

晃得睁不开眼睛

还有那海面的波光粼粼

耳边，却没有风声

一只白色的海鸥

旁若无人地立在乳白石栏

迎着风，它展翅飞翔

飞向大海，飞向自由的天空

我举起相机的那一刻

它仿佛带走了我的心

坐在贝尼多尔姆临海的小酒吧

端起一杯莫吉托

咬一颗甜甜的樱桃

在风中，品一缕西班牙风情

看海风托起硕大的彩色气球

载着一个欢笑的人飞行

地中海的风，带上我吧

带我去飞

带我去体验一种奇妙，一种轻盈

2019 年 7 月 10 日 于贝妮萨住所

3. 海鸥的凝望

面朝大海，面对蓝天

我在凝望，也在沉思

命运的风帆将驶向何处

我想，这一段乳白色栏杆

不应该是我的归宿

海是深邃，似一个幽梦

沙滩上晾晒着五彩缤纷

平静海面，掩盖着一片未知

天空湛蓝，且广袤无垠

连一朵白云都不曾见

问自己，我是否要去探寻

用翅膀掠起浪花

把追寻的足迹，印在蓝天

地中海，赐予我一缕清风

扬起翅膀吧，去飞

掠过一片白沙滩和朵朵遮阳伞

去追逐一个亘古的梦

我想，我必须高飞

让背影，带走一串惊羡的目光

2019 年 7 月 13 日 于贝尼多尔姆

4. 卡尔佩的画

从贝妮萨向南

在卡尔佩小镇的一个海角

有一所房子，它有通红的墙

高踞于临海的石崖

笑着倾听地中海的波涛

似一架管风琴，弹奏

与海天静处的久远时光

低缓的山坡上，错落有致

立着姿态各异的别墅

它们都面朝着大海，笑得灿烂

每一幢都那么容易辨识

有碧绿，有乳白，也有橙黄

用不同的颜色、线条和造型

在地中海面前展开画卷

也有一栋站得极高的楼

睁开一双双蓝眼睛，在雨中

看红色的房子和绿色城堡

看夹竹桃吐放白的粉的红的花朵

看金苞花护着橄榄树生长

看地中海翻卷细细白浪

一群孩子在海边嬉戏

废弃的建筑成了一处风景

有人在房顶画上酷炫的涂鸦

他们争抢着与图画合影

我站在高崖，凭栏俯瞰

拍下欢乐的孩子，拍下我的风景

悄悄地，拍下了一幅画

2019 年 7 月 9 日 于阿利坎特之卡尔佩

5. 瓦伦西亚的诗

行走在瓦伦西亚街头

脚步，牵引着我的惊羡

在街巷里，徜徉惊叹

目光，被一砖一瓦吸引

举起相机，捕捉一处处风景

读那些古老高贵的建筑

在蓝天下，默默吟着的诗

新古典主义的市政大厅

用华丽的牌楼与高傲的尖顶

自信地仰望蓝天

走进它，却又敞开胸怀

迎接每一个游客或市民

身边，擦肩而过的白衬衫

或许是这座城市的市长

市政广场不宽广，也不繁华

边上的喷泉时而绽放水花

听着水声，我似乎听到一首

宋词里的小令，清新宁静

英雄塑像的基座上

躺着一个褴褛的流浪汉

阳光下，他的酣梦里

或许驰骋着堂吉诃德的瘦马

新巴洛克式的邮局

似一个从容笃定的老者，看
人们三三两两出入
我看不到熟悉的步履匆匆
精致典雅的火车站
是我眼里优雅的艺术品
乘客缓步踱入，火车
居然驶进了候车的厅堂

每一条逼仄又幽深的小巷
都可以牵走我的向往
无法一一亲历，探寻
就拍摄一张照片，拍下时光
街边掠过一座座小酒吧
从遮阳伞与大厦的阴影里
我读到一份慵懒和惬意

从南中国的鹏城而来
就在这个阳光灿烂的盛夏
我的身心浸入了地中海
瓦伦西亚的风，没有夹着鱼腥
却携着一首古老又新奇的诗
朝着我，扑面而来
讶异欣喜地，我虔诚捧读

2019 年 7 月 16 日 于瓦伦西亚

6.阿利坎特的皎月

午夜的月亮

如圣洁而慈祥的母亲

把爱怜，撒在涌动的海面

此时此刻，海是欢乐的孩子

翻涌的波浪，一波盖过一波

奔向夜深人静的海滩

闪光灯下，沙子被染得金黄

海面上细碎的银光，闪烁明亮

零落的星星，是欣喜的眼睛

把遗失已久的梦境窥望

行走在细软的沙滩

一串清晰的足印

在阿利坎特的沙海滩上写下

我身在异国他乡

海潮阵阵袭来，声浪把我淹没

地中海上空升起的圆月

皎洁得如同梦幻

在梦里，我依稀看到

在大鹏湾的海面上

正冉冉升起一轮红红的太阳

2019 年 7 月 18 日 于阿利坎特

7. 马德里的蓝天

缺乏雨水的马德里
却不乏蓝天白云

在郊外的原野，山峦低缓
山坡上长着绿色橡果树，开心果树
开着成片成片的金色葵花
云朵低低地垂着，似母亲
伸出手掌，想要抚摸枯黄的草地

湛蓝湛蓝的天幕，似地中海的海面
白云是风翻卷的浪花
高速公路纵深向前
我的心，随着车轮飞速旋转
一直，一直转到蔚蓝天边

走在西班牙广场里
惊叹，仰望西班牙大厦
太阳门广场，在阳光下金碧辉煌
伫在马德里皇宫前敬畏蓝天
蔚蓝色的天幕，把肃穆威严映衬

玻璃幕墙的现代大厦，惊艳
巴洛克式的建筑群

在蓝天下，自由奔放

马德里街头如织的人流

顶着耀眼的阳光，也顶着如洗蓝天

伯纳乌的绿茵如玉

皇家马德里的奖杯银光闪闪

蓝天笼罩，球迷的欣喜更明媚

眼前没有山呼海啸的场面

却可以把欧冠巅峰决战遐想

干旱的伊比利亚半岛

贫瘠到没有一条像样的河流

马德里的空气里，也不会有湿润

我的心，却没有干涸

反倒，沦陷在碧蓝如海的天空

我匆匆掠过马德里时

亲见了，一片蓝蓝的天

2019 年 7 月 23 日 于深圳

富士山下（组诗）

1. 揭开乌云

我久久站在富士山下
看那片云，无情遮蔽她的半边脸颊

云的面积有多大
我心里的阴影就有多大

漂洋过海，来看她
我此刻的沮丧
化作零零落落飘下的雪花

我痴痴等待，期盼
有一双神奇的手出现
会把那片厚厚的乌云掀开

2. 富士山的眼睛

山中湖，是千万年前喷发时
留下的堰塞，被清泉注满

静静卧在富士山下

那一汪清澈与明亮
多像一个少女望穿秋水的眼睛

阳光下，只有薄云似羽纱萦绕
顶着圣洁玉冠的富士山
用这一汪碧水
把金秋望穿，望到了醉人的隆冬

3. 泛滥的爱

我禁不住，要把苍天叩拜
因为这晴空万里
我得以窥见富士山的真容

那份激动与喜悦
顶礼膜拜偶像的痴人才能懂

我从不同角度寻觅她的芳容
她时而藏在树枝间，时而躲在村居的房顶后
时而用薄云罩住小半边脸

我或蹲着，或跪着，或站着，或高举着

双手

忘情地拍，拍下她多角度的倩影

记录着此刻，心底泛滥的爱

4. 游进鱼的影子

在富士山脚下的忍野村

散布着八个水池

世人称她们为"忍野八海"

那些直视可见石底的池水

清澈得让人心生怀疑

怀疑中国古人所说的那一句

"水至清则无鱼"

一尾尾矫健的鱼，悠闲游着

游过游人的惊喜

游过阳光，游进树的影子

还游进她们自己的影子

恍惚间，我觉得那些光的掠影

跳入我的心底

5. 何必执着一时

晴空里，富士山的全貌
正真真切切地逼着我的双眼

可十几小时前
我却固执地站立在山脚
等着她的出现
等着一股神力来拨云见山

最终，我带着遗憾离开
依依回望
山顶的云雾，比恶兽还狰狞

可是你看，云雾不在
山顶的积雪毫不保留地呈现
那份惊羡，拨动万人心弦

此刻，昨日的执着
匿成了我心底的一个笑话

6. 樱花烂漫时

在我心里，日本是一个樱花的国度
富士山，是樱花簇拥着的桂冠

4 摄氏度的冬日
樱花树的叶子早已落光
花朵，更难觅踪影

失去了漫山的粉红
那银白的圣洁略略孤单
碧绿湖水，也被冷风掠起圈圈忧伤

阳光下，我的心却十分敞亮
放下执着
心儿已飞到四月的春天
樱花正盛放，在富士山下烂漫

2020 年 1 月 13 日夜 于东京

邀你去赏雪

下雪了
叩门把你相邀
我们一起去赏雪吧
赏银装素裹下的妖娆

撑一叶小舟
拥一围炉火
携一支短笛
在船头，扶着你的肩头

在石桌上
摆一局棋吧
我们红红的手，颤抖着
不问输赢，相对大笑

或者，温一壶老酒
吹一曲逍遥
任你，默默
醉听羽扇轻摇

看雪花簌簌落下

挂在梅枝梢

浅浅一嗅

幽幽的香啊，暗自萦绕

2019 年 2 月 11 日 于深圳福田

关于雪的联想

雪花

是来自渺远天际的信笺

在寒风刺骨的日子

将满怀热忱

寄给春天

洁白的情愫

只有青松与红梅

挑灯，读得欣然

纷纷扬扬

是仙子

撒落的梨花瓣

挂满枝桠

挂在人们心尖

掬一捧在掌心

融化了，也温暖

循一条蜿蜒小径

在雪夜

把深山探访

觅得一窗灯火

欣喜间

将半闭的柴扉叩响

惊起一阵犬吠

落下，串串诗行

2019 年 2 月 13 日 于深圳福田

梦里飘雪

就在今宵——

我缥缈的梦中

忽然，有洁白的雪花飘落

那是，一场多年前的冬雪

我在梦境里

种了一棵高高的木棉树

一阵冷风凛冽而过

满树的银白花瓣

纷纷扬扬，次第散落

雪花，挂在梨树枝丫

雪花，积满西北的半山坡

雪花，悄悄跳进山脚的小河

雪花，无声无息地飘入落寞南国

梦在缥缈中延续

在延续时清晰

在清晰里，倏忽变得朦胧

今宵的梦里

所有的情节都是朦胧

所有的故事都已缥缈

惟有，飞扬的雪花历历可数

惟有，绚烂的雪花清晰可见

今夜，我

数着飘雪入梦

看雪花，飘飘洒洒

把棵棵枯树点亮

欣喜间，禁不住伸出手

采撷一朵圣洁的雪花

掖在今宵的枕下

待到来年冬月

在下一个梦境里

——飘然

2008 年 4 月 7 日 于深圳福田

摘一朵雪花送给你

遥远的西伯利亚

忽有寒潮来袭

上天，遣凛冽的风

作使者

捎来严冬的消息

冬日的精灵

着一身圣洁的银装

轻盈飘舞

散落在枯草地

悄然潜入，小小池塘

冬夜寂静无声

散入凡间的雪花

是披银戴玉的仙子

她用俏皮眸子

把幽暗的夜空，点亮

一夜寒风瑟瑟

一夜飞雪无声

当东方泛白之际

欣喜的人们

推开柴扉，踏雪寻梅

银装素裹的大地

一身白衣的树枝在风中颤抖

红梅也戴上了白色的冠

万年青静悄悄

在雪被下，享受温暖

雪地里

孩子的喜悦无处可藏

兴奋的诗人也独自欢欣

黄昏，他划一艘小船

前往山的深处，水的彼岸

想，采摘一朵最圣洁的雪花

——给你，也给我

2016 年 11 月 22 日 于深圳福田

雪之琴

一场冷飕飕的西北风
捎来一场翘首企盼的欣喜
漫天的雪花
在一个簌簌的夜晚降临

瑞雪，是圣洁的白
所有记忆里的姹紫嫣红
在这个隆冬的午后
都变成一种空洞，一种苍白

白雪纷纷扬扬
落在河畔，落在屋顶，落在山巅
更落在人们的心尖儿

放眼望去，这个世界全被染白
此时，你会发现
这样的单调原来是一种纯粹
一种纯粹到极致的美

眺望，远处的狄青山

被大雪勾勒出耕耘的纹理
那是黄土高原上，千百年勤劳，刻下的年轮

此刻，我的心被雪浸湿
也被这层层叠叠的雪后梯田烘暖，你看
那多像一排一排洁白的琴键

那组琴键
从山脚，一直排向青天
聪慧的人儿
你被震撼了吗？
你听到雪野弹奏的乐曲了吗？
反正，我的心弦正在震颤

2020 年 1 月 12 日晚 于东京

化鸟（组诗）

1. 化作一只鸟

穿越，一片远古的海
栖落于缥缈蓬山
我的心，化作一只鸟
殷勤探看

秦时皓月，朗照
伊人，我的爱是你心头
红红的烛，汪汪的泪

秋蝉寂寥
晨露打湿翅膀
独自彷徨，笛子呜呜
待东风
沐我缕缕金阳

春己媚，花正香
我甘心化鸟飞
衔一枚幸福的信笺

为伊

飞度天河长江，为伊

涓涓不息

2019 年 3 月 15 日 于深圳福田

2. 可爱的鹦鹉

你总是那么可爱

只消一滴酒

就能染红你的面颊

配上红红的尖嘴，妙极

你披着一件炫丽的外衣

在枝桠间炫耀

围着你的人们，啧啧赞叹

你是一名天生的演员

不经意的细节

也逃不过你小小的眼

转瞬之间

你便能模拟得惟妙惟肖

鲜花与掌声

常常将你围绕

你总能气定神闲

淡看众人赞誉的笑

你来自苍凉旷远

你更喜爱山林和原野

不愿被美丽的笼子，囚禁

更不甘，只学学人语

2019 年 3 月 20 日 于深圳福田

3.燕子来时

用一把墨色的剪刀

裁剪青山绿水

裁剪一幅温暖的水墨画

裁剪出，一个春天

你来了

飞入寻常巷陌

飞入高高低低的屋檐

带来孩童们的愉悦

带来爱怜与温暖

带来，一个崭新的春天

你斜斜地掠过水面

翅尖掠起涟漪

也点亮了

孩子们心底的希望

你是春的使者

为大家

送来温馨幸福与美好

衔一枝枝春泥

你将继续

以爱的名义，为明天筑巢

2019 年 3 月 23 日清晨 于深圳福田

4. 致百灵鸟

百灵鸟

从蓝天飞过

银铃般的歌声

把她对大地的爱恋

诉说

春光正好

春花呼啦啦地开

她的歌声愈加美妙

落在枝头，早莺争暖

滴入江面，春鸭戏水

引来蜂蝶欢闹

春色更妖娆

春风拂来

为草原铺上绿毯

虫儿在夜幕下

开始呢喃，吟唱

马头琴的旋律

在山谷，久久回响

星子低垂，夜色阑珊

百灵鸟

在高远处歌唱

满天星斗

也把她寻觅，仰望

百灵鸟

掠过幽谷，草地，山林

再冲上九天云霄

我要，策马把她追寻

身后，炊烟袅袅

2019 年 3 月 16 日 于深圳福田

5.遥远的天空
——写给来自草原的大哥

你是草原雄鹰

从风吹草低见牛羊的诗画里

起飞

你来自辽阔与广袤

你坚毅的目光，投向

更高更远的天空

从北国飞往南疆

你搏击长空的雄姿

你执着倔强的挥翅

还有，你生命的轨迹

在蓝蓝天幕上书写诗行

朔风苦雨，血色残阳

淬炼着你的尖勾和利爪

锐利的双眼

锁定人生的目标

飞越千山万水，也要

去追逐你的梦想

没有迷恋熟悉的奶香

不仅仅，怀揣着一份粗犷

南国的晚风

把你的柔情熏染

霓虹下，你把鹏城歌唱

奔腾的骏马

翻涌的草浪

洁白的羊群

火红的胡杨林

都曾把你的双翅羁绊

你却不曾停止飞翔

在南国，远眺长空

遥遥地

自北飞来一只草原雄鹰

2019 年 3 月 17 日 于深圳福田

6. 夜莺之歌

我喜爱宁静的夜

也喜爱朦胧的月色

更喜爱你婉转清脆的歌

你是空山的小溪

潺潺而过时迸出的水珠

似润玉，颗颗落在我心间

你是炊烟袅袅时的短笛

或低缓　或激扬

都能划破幽静，飘向天际

你的歌声比容颜更美

你殷殷吟唱的旋律

在南粤的春风里，飘远

你是子夜的歌手

在月朗星稀的时候

你唱亮静夜幽梦

也将，唱红了东方

2019 年 3 月 20 日　于深圳福田

7.不见黄鹂来

春风已惹醉翠柳

湖水也被吹皱

却不见你飞来

鹏城的箣杜鹃已开

滨海的木棉花又谢

却不见你踪影

何日能与你相见

让春风撩动

你艳黄的裙袂

让春雨洗净

你鲜红的尖喙

你是躲进深树林了吗

涧边的幽草已生长

却听不见你的娇啼声声

你可知道

我在寻觅两个倩影

我在呼唤叶底的一两声

寻寻觅觅

不见你的芳踪

我只曾经

在重回大唐的梦幻里

目睹你的芳容

看吧，那一行白鹭

已翩然上青天

问你，何时才肯飞临

2019 年 3 月 16 日 于深圳福田

8.喜鹊

你总把巢穴筑在最高的枝丫

西风扫尽落叶时

它醒目地，倔强在当空

蓝天白云把它映衬

任寒风瑟瑟，大雪缤纷

你的歌唱

是幸福喜悦的预言

你展翅飞来

总给鸟群播报喜讯

顿时，村庄满溢笑语欢欣

你驻足流连

在人们的房前屋后

把满腔的爱，献给世间凡人

你是最受村人欢迎的天使

听到你的鸣唱

就可以，开始畅想佳音

看到你在枝头雀跃

便看到了，美好的愿景

春光，在你的深夜里明媚

我们期盼

明日的繁花，绽放

栖着喜鹊的枝条会更青

2019 年 3 月 21 日上午 于深圳福田

9. 闲云野鹤

着一袭风衣立在楼头

沐金阳，倚东风

春色里，眺远方

你欲出樊笼

笑着远离凡尘

扇动长长翅膀，伸长脖颈

张嘴，虔诚地

你把千古经典吟诵

那声音

比雀鸣莺啼更婉转动听

高空中

有闲淡的流云

那是你的向往

你愿来生还做野生的鹤

与她们相依相伴

原本守有一方乐土

你却要另寻一条幽径

去延伸拓展

倚东风，踏着节

你吟唱——

何天而不可飞翔

2019 年 3 月 23 日 于深圳福田

10. 白鹤亮翅

你悠闲漫步

行走在湖畔湿地

在南国温暖的冬季

安心地栖息

为爱你的人们

带来一冬的诗意

在鸟的国度里

你着一身洁白的羽衣

显得如此高贵华丽

你扬起翅膀

就像在舞台上扬起指挥棒

领着鸟群优雅飞翔

你的鸣声如乐

你的叫声像歌

你翩翩起舞，带来欢悦

湖畔一片祥和

你从遥远的北方飞来

历经万水千山

见识了万物沧桑

你阅历古今

带着满腹经纶飞翔

春和景明时

你化身太极圣手

绵柔而刚健的亮翅

睥睨群鸟

仿佛一个百事皆晓的王

2019 年 3 月 23 日上午 于深圳福田

11. 鱼鹰

你有一双锐利的眼睛
可以直透深水
捕捉到潜鱼的身影
也可以，洞察人们的心

悠闲时
你盘旋于高空
让人们误以为
你仅是一只普通的飞鸟
可待你箭一般射出
捕获，总是那么精准

你一半是凶猛
对于游鱼，总那般凶狠
你一半是温顺
在渔人面前，你总倾出所有
从未吝惜半分

你的爱，那么深沉

等将鱼儿

捧在手心，化入嘴里

——才读懂

2019 年 3 月 23 日清晨　于深圳福田

天地（组诗）

1. 石磨

天和地
是一副巨大的石磨
上扇是天，下扇是地
风推着天地旋转
把云朵磨成雨滴
把星辰磨成尘埃
把江河湖海磨成了迷雾
把少年仰望的目光
磨成——
升腾，旋飞的梦想

2. 地耳

大地有耳
在春雷阵阵，大雨喧哗
的时刻
泥土里竖立起一只只耳朵

听稠云铺开又卷起

听雨滴，牵着白兔在田野里奔跑

地耳在风雨中喝饱了，鼓胀

如兔子张开了肥硕的耳朵

贴着地生长，滋长诗意

诗意地，在泥土里开出花儿

3. 流云

天空是一片湛蓝的海

深邃浩瀚，不见底，不见边际

云朵结伴走过、跑过、掠过

偶尔，也会流连

逗留久了，便累积成团

如一座座白色的岛，浮在海面

岛上，住着人们欣喜的目光

也住着，一个个逃离凡尘的愿望

4. 森林

大地上，茂密的森林

汇集了亿万株参天大树

也汇集了，无边的绿

倘若我们住到了天宫

抬头仰望时

大地便成了一片土黄色的天

那山间随风浮动的绿色

便成了，朵朵当空流动的云

5.相依

天地相依

以云雨为媒，维系

烈日下，大地把炽烈的爱

化作水蒸气，升上天空

绘成一幅画含蓄表达

隐晦时，天空落下思念的泪

一滴滴，一颗颗，汇聚成

条条小溪、大河

嵌入大地的肌体

与他缱绻相依

6.遥望

天与地的亲密

是朝朝暮暮的相伴相依

睁开眼，总看到对方在面前
天地之间的距离
总可望不可即
把云压得再低，也触不到大地
把树伸得再高，也搭不了天梯
亿万年，天与地
遥遥相对——不悲不喜

2019 年 6 月 9 日 于深圳福田

每片胡杨叶，都是一只眼睛

秋风瑟瑟，秋雨绵绵
天空被风雨袭得满是凉意
我的心，却在南方的燥热里
无端落寞，也莫名躁动

在遥远的西北
有广袤无限的旷野
晚霞中，有片金色火焰在燃烧
几乎灼伤了我的眼睛

西风里，燃烧的胡杨林
向大漠，向戈壁，向湛蓝天空
绽放最火烈的生命
渐次张开一个个闪烁的瞳仁

眼前燃烧的天空
是一个华丽丽的梦境
张开眼，你我
可以窥见彼此的内心

就像，一片片金灿灿的胡杨叶

点亮秋日，点亮大漠

也引起一种向往

向往，一段金灿灿的旅程

2019 年 11 月 5 日晚 于深圳地铁

趁春色正好，作一幅画

桃花开了
就在莲花山脚下
春天是一位娴熟的画家
粉红花瓣和翩翩蝴蝶
是不经意间的妙笔

往左
是蜿蜒拾级的一个梦
向右转
有一条小河静静流淌
奔跑在环山小道
摆动臂膀，奋力跑向春的深处

托起春的调色盘
在树林间，草地里
泼上绿色
再勾勒几只小鸟啾啾地唱
最后，随笔一点
留下一个圆圆的足球
不滚不动，也无妨

2019 年 3 月 5 日 于深圳福田

聆听春花的吟唱

悄然无息，你
在春风里绽放
在阳光下扬起灿烂的脸
有人说
花开的声音很美
浮躁的心却无缘沉醉

红的，粉的，紫的，白的模样
是绚丽多姿的生命之光
铺满山野的花瓣
是盛大的春之交响

勤勉的鸟雀
在黎明前的黑暗里欢歌
用她们尖尖的喙
衔来缕缕春的馨香
春风摇曳柔嫩的花枝
枝头聚着蜂蝶，浅吟低唱

优美的旋律

在山林间流淌

流进春日里，花的海洋

携一张春的专辑

撷一朵粉红的桃花

在那个向阳的山岗

伴着花开的声音，徜徉

2019 年 3 月 6 日 于深圳福田

不负春光

衔着一枚
冬日写给繁花嫩叶的信笺
鸟雀们在枝头欢跳
啄破黎明前的黑暗
唤来一片明媚的春光

小溪不再枯涸
清澈的水流一路歌唱
滋润早春的浅草
浇灌渴了一冬的麦苗
田间，山野
牛羊细细咀嚼春的味道

银发的老者
铺开雪白的宣纸
画几只嬉戏的鱼虾
染几瓣粉嫩的桃花
尽情挥洒，春的妖娆

春风推开闺阁的粉窗

把慵怠的人儿呼唤

——莫负春光

快走进春的画卷

穿成桃红柳绿的模样

携着广角的镜头

去采撷

像冬雪一般的梨花瓣

心若更切

就插上一对翅膀

乘着春风去飞翔

去追逐，美好的春光

2019 年 3 月 13 日清晨 于深圳福田

春水里的一幕

春分时节，整个世界都活了
柳条吐绿，桃花绽红
燕子归来，黄莺歌唱
江南的河水也悄悄变暖了

可是河水再怎么屏住呼吸
再怎么悄无声息
鱼还是知道，水暖了
它们欢乐地游起来

鱼鹰，是闻着鱼的气息扑来的
是谁说，春江水暖鸭先知？

美丽的春天，不该
上演这样绝情的一幕

一条鲜活的大白鱼
被黢黑黢黑的鱼鹰叼起
下一秒，鱼儿又被渔人生生夺去

2020 年 3 月 20 日 于深圳布吉

慢慢爱春天

着一袭蓑衣，带上两只鸬鹚
撑一柄长篙
坐在炸艋舟里，悠悠出发
你不像是去捕鱼
而是要把船撑进春天

春色多么美好
你为何一点也不着急
你的小船好慢，好慢呀
我欲扯下一树春绿
为你竖起风帆

你挥挥竹竿
笑着说，不必，不急

2020 年 3 月 20 日 于深圳布吉

春风这一吻

春风这一吻
吻在大山的额头
留下个个红红的唇印
吻开了
碧桃，山樱，映山红

春风这一吻
吻在杨柳的眉梢
枝头的叶芽瞬间绿了
像被母亲吻过的孩子
咧开嘴，笑得露出了牙

春风这一吻
吻在小河的臂弯
河水流过这儿，便暖了
鹅和鸭最先知道
抢着游来扑着翅膀欢闹

春风这一吻
吻在农家的窗口

吻得乡村的夜都醉了

一个个梦，被瞬间点亮

梦里的禾苗眨眼变得金黄

2020 年 5 月 24 日午后 于深圳布吉

寻找春天

在早莺争树的时节
趁着黎明的静寂
去寻那清脆的鸟鸣声
却在林中听到
小草叶尖与露珠的低喃
见证了他们晶莹绚丽的爱情

屋檐下的燕子
正叽叽喳喳歌唱
他们轻快地飞来飞去
衔着一根根黏稠的泥浆
衔来了农家新一年的希冀

阳光明媚的日子
沿着一条小溪去探秘
在山谷的桃花林
采几片粉红的花瓣儿
夹在泛黄的唐诗宋词里

细雨绵绵的午后

循着酒香前往杜牧的晚唐

却误入开满杏花的村庄

在有千万朵花盛放的树下

把熟透的秋季畅想

暮春的黄昏里

落花纷纷扬扬

一阵清风徐徐而来

吹来，花瓣雨的忧戚

兀自憧憬着拂晓时

在满是落红的小径徜徉

寻寻觅觅

在梦幻和诗画里流连，寻觅

遇见处处欣喜，处处美好

归来，我满目春光

2018 年 5 月 1 日 于深圳福田

星子满布的夜空

烟花绚烂又缤纷
恣意地绽放在夜空
我的眼前
仿佛闪烁满天繁星

浩瀚星空
曾蕴着我孩提时的梦
搭一架长长的天梯
去云天里摘星星
抑或插上翅膀
飞越银河，用星子点灯

一阵无情的冷风
吹灭了我提着的灯笼
也吹散了满天星斗
我迷失了方向
最终，落寞地坠入凡尘

如今的夜空
被闪烁的霓虹点亮

被绽放的烟花渲染

我的心不再澄明

一张阴郁迷蒙的网

捕走了寥寥的几颗星

满天绚烂的烟花

是一个迷离的幻影

也是一个缥缈的仙境

淹没了夜空的星子

也淹没，我童年的梦

烟火熄灭，烟花散尽

留下一片墨一样的凝重

繁华瞬间落幕

我也拉下自己的帷帐

满天星子，今夜

会否潜入我的美梦

2019 年 3 月 10 日 于深圳福田

第三辑 · 现实之城

香蜜湖之夜（四首）

1. 眼睛

白昼里

香蜜湖畔的高档住宅楼

一座座都沉沉睡着

夜幕降临时

它们渐次苏醒

睁开一双双闪亮的眼睛

从放着光的窗洞

把咫尺为邻的湖凝望

望着那些夜钓者的闪光浮标

百思不得其解

2. 夜钓

夜色笼罩香蜜湖

湖面闪着粼粼的光

湖岸并不寂静

夜钓的人们三五成群

也有的独自挥竿

他们为何要在夜晚垂钓

我想

在这个快节奏的繁华都市

他们打算从水底

钓起一些匆忙中遗落的东西

3. 艳羡

坐在湖堤的假城墙上

看着那些曲曲折折的白色钢管

我莫名忧伤

那是荒废了十年的乐园

无人问津的钢架

长成了湖面的疮疤

抬起头

看到绚烂了夜空的平安大厦

香蜜湖流露出满目艳羡

4. 相关

我独自一人

在香蜜湖畔的城墙边彷徨

为那些炫目的高楼

为那些垂钓的人们

也为我心里那些杂乱的诗行

诗行里透出莫名怅惘

难道

那沉默不语的湖面

那些鱼儿上钩后的欣喜若狂

或是那些在湖畔暴走的人

都与我有关

2019 年 4 月 于深圳福田

打捞一轮明月

我久处一座繁华都市
钢筋混凝土围筑的樊笼
困住我的身躯，困住我的心
也囚禁了我的眼睛
深夜的街头，明亮如白昼
眼前是一片闪亮的辉煌
抬起头，找不到曾经的星月

枝头，挂一个明月做的圆盘
已是我生命里曾经的曾经
在对饮成三人的酒杯里
曾住着一个月的幻影
在浩浩汤汤的洞庭
曾沉潜着一块如月的碧玉
我在缥缈绰约的酣梦里
曾倒挂在枝头，捞起一轮圆月

捞起明月，捞起一个幻梦
我的脚步，悠悠地寻在街头
浅浅的新洲河终于洁净

莲花山脚下的鸡蛋花

被清风带到河面

片片白色花瓣，幽暗地飘浮

挽起裤脚，伸手去捞

捞起一轮浅浅的惊喜

2019 年 1 月 6 日　于深圳福田

诅咒一场暴雨

公元 2019

4 月 11 日晚九点

一个巨雷在鹏城炸响

炸得街灯惊慌

惊得雨伞一片仓皇

狂风

卷着暴雨肆虐福田

雨注狠狠撞击着玻璃窗

连躲在窗户后面的人

都在颤抖

沉沉夜幕下

是谁，还在挥镐抡锄

是谁，还逗留在危险旁边

是谁，把他们还在施工遗忘

骤雨凶猛如兽

顷刻吞没他们生的希望

雨停之后

泛滥的洪水肆虐，疯狂

波涛翻涌出的心痛

该扔给堤岸

还是水冲过后的河床

或者，该有个人站出来承担

肆虐的暴雨

我要——诅咒你

你可以任性可以肆虐

可你不能掠走那些生命

你更不该毫无预警地伸出魔爪

是谁，任由你肆无忌惮

是谁，任由你这般凶残

我要——连着他们一起诅咒！

2019 年 4 月 12 日 于深圳福田

在 M193 双层巴士上

从下水径乘地铁
经由民治站转公交
我看到一辆写着 M193
的双层大巴驶来

星期天的下午，阳光也懒散
我的心不紧不慢
随着慢悠悠的双层巴士摇晃
我的视野与平日不一样

我看到了更远处的小产权房
也在大巴像船一般泊靠时
看到了，候车者的头顶
那是一处处，我从未见过的
奇妙的风景

我坐在双层巴士的上层
俯瞰街道与行人
俯瞰在福田 CBD 消失已久的
载人摩托，抑或电单车

我听着巴士上机械的女声
报着站名，如同翻阅
一本新奇的书
随同她，惊喜地
打开了一个未知的世界

我从东边出发，经过东坑
我欣喜掠过
锦绣江南，羊台山，石岩湖
还惊诧于牛栏前，赤岭头

一团团疑云，在心头升起
田寮是何意？
水田与官田差别几分
将石的将，读一声还是四声？

巴士摇摇晃晃，慢慢悠悠
我也不急不躁
任由它不紧不慢，蜗行
只因，我要奔向"光明"

我行程的终点
有文学，有诗等候
有纯粹的美好，相迎

所以我拥有一份美丽心情

120 分钟的旅程

我在诗的国度徜徉

更在深远的声音里，接受洗礼

我想，我不虚此行

坐在 M193 巴士的上层

我好似坐在路人的头顶之上

却永不能，坐到生活之上

只能凡俗地穿行在市井

也穿行在生活的最深，最低处

           2019 年 8 月 12 日 于深圳布吉

睡在石板上的兄弟

八月下旬，南国的深圳
热过北方的盛夏
马路被挖开的进程
不会因酷热停下

正午
阳光撕破天空的云
也撕破马路边的树荫
顶着骄阳，流着汗
我走向有冷气开放的餐厅

突然，我瞥见
一堆升级人行道需用的石板上
躺着两个中年男人
安静地，早已进入酣梦

衣服上
满是泥污油垢
他俩，安然睡着
路边的行人绕着走

他俩

左手手臂枕在头下

右手手臂遮着眼睛

在我面前熟睡

把自己睡成一尊雕像

此刻，他们是否有梦

他们的梦里

是否有妻儿呼唤的声音

是否有流着泪的母亲

他俩

是谁家的

儿子，丈夫，父亲

我却想

让他们做我的弟兄

2019 年 8 月 22 日 于佛山高明

黄昏

夕阳一缕缕

斜斜地打在人行道上

红荔路边的鸡蛋花

悄然间，莫名羞红了脸

细叶榕的叶子

一片一片，无声飘落

像那些在林荫道奔跑的人

在盛夏，挥洒汗滴

鲁班大厦的玻璃幕墙

映着落日，

看着莲花山，渐渐幽暗

看一面浅浅湖水

闪烁，粼粼的梦幻

一切都屏住呼吸

一切都在静待，静待

散落在树丛中的灯

一朵一朵，如花儿一样开

2020 年 7 月 11 日黄昏 于深圳地铁

失眠

在梦中，我被莫名地电击

醒了，翻个身继续寻梦

接着又被自己的鼾声吵醒

闭着眼，脑子异常清醒

各种古怪的念头，在脑海

翻涌，累积，扭曲，幻变

布质窗帘被夜风怂恿

把我搁在床边的手亲吻

我故作镇静，纹丝不动

待风过后，一切慢慢恢复平静

一阵困意袭来，我闭眼之际

看见窗外的鹏城

已悄然，到了黎明

2019 年 7 月 25 日上午 于深圳

清扫

就这样无端地

从梦中惊醒

就在这幽暗的黑夜

周遭，一片寂静

竖起双耳

只听到深不见底的无声

就这样让思绪徜徉

徜徉，在二十四小时里

最黑暗的时刻

静静躺着

让漫无目的心

就这样在无声幽暗里穿行

无声的黑洞

即将吞没，我的孤寂或欢欣

我猛然听到耳际

突兀地响起一阵

唰——唰——唰——

响得好像一阵雷鸣

此刻，我的脑幕

清晰地，站着一个佝偻的妇人

一下，一下，又一下

执着地清扫

不是在清扫道旁的尘屑

而是替我清扫无边的黑暗

就这样惊喜地坐起

我循声，找寻黎明的踪迹

再次竖起双耳

周遭，不再一片死寂

唰——唰——唰——

我听着这美妙的清扫

扫出，我窗前的一片光明

2012 年 12 月 17 日 于深圳福田

早读

捧一本诗集
坐在湖边静读
这样的清晨
如蜜汁一样香甜

惬意，在字里行间滋生
甜蜜，似山泉汩汩
拥有一本书
拥有一个清晨
一切，多么美好

小雀儿，在枝头脆鸣
它扑打翅膀，轻快跳跃
叽叽喳喳，叽叽喳喳
一字字，一句句，一行行
仰起头读，读着
蓝天上，白云写下的诗行
读着朝阳描下的插图
读着——清晨这本书

2020 年 7 月 26 日晨 于深圳地铁

虫鸣

带上欢乐去度假

乘坐的新式大巴

不系安全带就会报警

发出蟋蟀般的鸣叫

大家一一扣好

少了一根，便少一份聒噪

入夜

在寂静的鹭湖小镇

我们行走于夜幕下

行走在远离喧嚣的小道

听到悦耳的蟋蟀声

多响一声，便多一分美妙

清晨的湖畔

有白鹭飞起，飞向天空

她们的叫声在湖心岛清脆

打破幽寂的山林

晨跑的脚步

和着抑扬不止的虫鸣

徜徉湖畔，我听到天籁之音

2019 年 8 月 23 日 于佛山高明

树荫下的男孩

高大的榕树下
盛夏赐予一片浓荫
树下的小男孩
伸出双手，欣喜接住
树叶筛漏的阳光

茂密的枝叶
遮不住欢畅的蝉歌
他的脚边
有成群的蚂蚁爬过
捡起一断枝
把爬行的甲壳虫翻个儿

远处的青山依偎着白云
山坡上牛羊成群
男孩的目光
越过了山丘和丛林
他明亮的眸子里
住着一座遥远的城

树荫像一把伞

为男孩挡住火辣的太阳

也遮挡豆大的雨滴

却遮盖不了他

心底的向往和憧憬

2019 年 8 月 22 日夜 于佛山高明

致勒杜鹃

我的生命
在你三角的花瓣里绽放
红的、粉的、紫的笑脸
紧紧抓住我的目光
也魅惑了冬阳

昨日的阴暗墙角
以及，围困你的荆棘
不再是生命的羁绊
此刻，你以
娇艳多姿的面貌
向春天示好

你登上，一方盛大的舞台
以最美的方式怒放
将南国鹏城装扮
也绚烂了崭新的深圳湾

零落的鸟鸣，在你头顶清脆
温暖的风

被你的美，软软熏醉

阳光也愈加明媚

驻足、流连，恍若隔世的梦

我的心

溺在你的花海

臣服，是此刻的主题词

我要褪下战袍和铠甲

拜倒，在你艳丽的裙下

2018 年 11 月 22 日作

2019 年 5 月 5 日修改

22 路公共汽车

砰的一声

你撞上对面的小轿车

撞向长江大桥

撕开大桥的护栏

也撕开风平浪静的江面

无声，沉入深不可测的水底

水是生命之源

此刻也无法挽救这十几人

只能眼睁睁

眼睁睁看着他们葬身于此

当时，水面只泛起几朵浪花

接下来

是长久的一片死寂

有一个恶魔

曾在车厢内撕扯

撕碎敦厚纯净的心

扯烂亘古绵延的良知

撕扯着两个冒着怒火的

灵魂，再把一切嚼烂

张狂地吞入墨黑的腹中

22 路公车

你本可以插上美丽的翅膀

在万州的上空

飞向天堂

那一刻

是谁折了你的翼

让你坠入冰冷冰冷的江底

坠入，魔鬼横行的地狱

2018 年 11 月 4 日 于深圳福田

摇摇晃晃的人生

被牢牢绑在座椅上
手握方向盘
你握着，自己局促的人生
也握着，生命的方向

晨昏，日升日落
你在朦胧中
紧紧盯着咫尺前方
劳累，困乏
一路走走停停
一米米吞噬你的青春

沿着既定的方向
顺着固定的路线
你用摇摇晃晃
以及千万次开门，关门
演绎你封闭单调的人生
却从未放弃风雨兼程

红灯停，绿灯行

在斑马线前

毅然停下，礼让行人

你一直在路上

践行文明，也把生命尊重

不屑的目光

或许就投在你脊背

心酸的屈辱

或许就伴在你旁侧

请紧握生命的方向盘

把心间的恶魔驱赶

稳坐在驾驶舱

你的眼中，或许闪着泪光

但请将手握紧

握紧命运，还有你

摇摇晃晃的人生

2018 年 11 月 6 日 于深圳福田

夜空中最亮的星

——写给代驾司机

穿越沉沉夜幕

一架袖珍的电车

在兀自前行

那一束光，很亮很轻盈

在夜空中，闪烁

是黑暗里最耀眼的灯

穿过街巷

穿过都市的鳞次栉比

呼之，即往

招之，便到

从华灯、霓虹下出发

把一份厚重安宁，送给

万家灯火

或许，你

只是为了艰辛生存

抑或

你也想在阳光下飞翔

为了酣醉的美梦，不破

你选择了绽放在夜空

选择了在暗夜深处闪光

你是

夜空中最亮的星

你提着灯笼在护佑生命

也永远闪耀在夜空

2018 年 11 月 24 日 于深圳福田

剪一段彩虹（组诗）

1. 剪一段彩虹

雨后的彩虹

绚烂在深圳的黄昏

于我，是一个迷幻的梦

有人捕捉到

她笼住整座城的全景

我站得不够高

也无法展开翅膀

飞到云端

只在摩天大楼的脚下

惊喜仰望，我

悄悄剪下一段彩虹

装饰我的欢欣，我的愿望

就像，路边的一只蚂蚁

仅仅，捡到一颗被人遗落的饭粒

也禁不住，为之欣喜若狂

2020 年 6 月 18 日 于深圳福田

2.黎明的小女孩

在我穿过黎明前的黑暗
从龙岗布吉前往福田的时候

在锦绣新村的早餐店
还没有迎来第一个食客的时候

在街边的路灯
还晕晕乎乎睁不开眼的时候

在街市的菜场
还有配送车陆续抵达的时候

我往车窗外一瞥
看到了你，一个身穿蓝色深圳校服
个子小小，只有六七岁的女孩

你背着一个大大的书包
马尾辫随着轻捷的脚步左右摇摆
你的面前，只是一片昏暗

没有父母陪伴
没有爷爷奶奶牵着小手
也没哥哥护在你身边

在晨曦的幽暗里，你像一棵无根的草

与你擦肩而过
我禁不住扭过头回望
看不清你的面目
我却分明看到，你脸上一片从容

2019 年 12 月 17 日晚 于深圳地铁

3. 你的扫帚灵巧如手

晨曦中，城市还半梦半醒
你早已上路，我看见
你的扫帚灵巧如手

帚尖钻进犄角旮旯，钻进马路缝隙
钻进一块断砖的身下
把一个个烟头，一片片瓜子壳
掏出，帚叶挥动
仔仔细细，扫过地面
如同仔仔细细擦净自己的脸

那些杂物，那些污秽
在你的扫帚下乖巧如孩子

排着队跑进你的簸箕

我看着它们，皱了皱眉头

你却低着头，面色平静

长把扫帚，在你的手中灵巧挥舞

它灵巧得如你的双手

此刻，我还看见

你的手，轻巧捏着一缕金色阳光

别进，脑后的黑发

2020 年 5 月 19 日 于深圳地铁

4. 在天亮之前

在天亮之前出发，无端

成了我今生的宿命

盛夏的双抢

从一个漆黑的早上开始

扁担，锄头，镰刀

碰得叮当响，夹着母亲的叫唤

把好梦惊醒，把我生生拽起床

那时，我只有五六岁

一个不谙世事的孩子

和太阳一起
在切割明与暗的地平线上
高一脚，低一脚地行走

在洞庭湖区
冬的深处，总有
一个叫期末的恶人
在呼唤着每一个刻苦的孩子
那时，我总要在点着煤油灯的黎明
掐断酣梦，挣扎着爬起来
读古文古诗，背语法单词

天依然没有亮
我骑着旧单车，在坑洼的土路上颠簸
从黑暗颠到太阳初升

如今，我必须每天很早就出发
由暗而明穿越半个深圳
刺眼的银丝，穿透我的黑发
就像时光，无情穿过我的生命

与从前不同的是
每个黎明前的黑暗里
被上班叫醒的我，不再挣扎
默默接受了一种宿命

2019 年 12 月 28 日晚 于深圳地铁

5.深圳变奏曲

那是十五年前
那时，我刚来深圳

那时，我坐在巴士上
奔波在南山福田罗湖间
饭点时
我买一元一个的茶叶蛋充饥
或者选两元一盒的绿豆饼
一次拿出一个，垫垫底
偶尔，我会吃一次
两荤一素的自选快餐
价格，五元

那时，我刚来深圳
五毛一把的空心菜
八毛一斤的白萝卜
九毛八一斤的黑美人
一元一斤的东北大米
我也舍不得大把买回家
日子，需要掐算着过
偶尔，我会买一斤牛肉
花了十多块，心说好贵

那时，我刚来深圳

一家五口

住在 30 平的一室一厅里

站在阳台，几乎

伸手能够到对面那家的窗台

邻家的油烟

以及，隔壁如雷的鼾声

直冲进我卧室

楼上的一只高跟鞋

掉落在地板上，敲碎我的酣梦

那时，我刚来深圳

地下铁还只有一条

我出行

一般坐公交

第一次坐出租车

百米一跳的计价器

吓得我一路心惊肉跳

担心口袋里的 50 块

会剩不了多少

刚刚

我从七号线的八卦岭下车

对路边店主说

一份烧鹅饭，一盅炖汤

外加一份生菜

他说：50

我回答：好嘞

2019 年 11 月 22 日晚 于深圳地铁

6. 也可以

蜗居被城中村包围

对世界的不满，像荒草一样疯长

这是怎么了？如今

我好像变了样——

清晨

站在逼仄阳台

越过老居民楼顶

目光穿过竹竿上花花绿绿的衣裳

也可以看到

晨雾缭绕远处的山岗

转过身

透过矮矮围栏和枝枝叶叶的缝隙

也可以听到

对面游泳池里

戏水的孩子你追我赶

隔壁邻居的三角梅美成那样
啊，那是谁家飘来的辣子鸡香？

窗前略略低头
我化为一只麻雀
落上小小雕塑
小小喷泉湿了翅膀
一只羽毛球擦着额头飞过小小球场

啊，你看阳光跳下窗棂
调皮地，拍拍我的双人床

下楼，左转，再左转，再右转
穿过葵花倾斜的小径
穿过垃圾场
来到车水马龙的公路
向东向西，向南向北
我可以抵达世界任何一个地方

2019 年 12 月 8 日 于深圳布吉

7.店铺

临街的店铺
时而关了，时而又开

如同枝头的花

败了又开，开了又败

一场疫情突如其来

让百花凋零，街道

弥漫一片沉寂

绚烂的霓虹

把夏日的夜煮沸

每一间店铺

又开始激情舞蹈

跳着青年人最熟悉的

迪斯科，全然

不顾早已夜半三更

店铺里

售卖着五味杂陈

售卖着绚丽缤纷

售卖着眼花缭乱

所有店铺和货品，一起

在我眼前琳琅满目

真好，凤凰花又开了

店铺，也一一开张

2020 年 7 月 16 日 于深圳福田

龙舟水

连续不断，连绵几日
把气候预警
下成黄色，橙色，红色
甚至吞噬天空的黑色

棕榈树披散着头发
战栗着摇摆
几乎，成了一个疯女
勒杜鹃来不及躲藏
哭着，飘落片片残红

街道已是一片汪洋
仓皇的公交大巴
在雨瀑下四处逃窜
摩天大楼
隐约，也在惊恐中颤抖

路边的菜贩，慌乱着
用塑料布盖上

他们的青椒、茄子、萝卜

和白菜

可头顶那把伞

护不住他们的发丝和裤脚

龙舟水

连绵不绝地下

近乎疯狂，瓢泼似地下

直下得人心慌

龙舟水，没有带来龙舟

也没有带来吉祥

雨水里，浸泡着屈子的忧伤

2020 年 6 月 9 日晚 于深圳福田

第四辑·人生之路

温泉

把我的灵魂
浸泡在 42℃的温水里
从脚底涌上一阵眩晕
闭上眼，遐想
来自远古地心的热能
穿越千年万年
为我们送来汩汩的热浪

疲乏的身躯，在这一刻
卸下重重的铠甲
让 43℃的热度
烫得头顶直冒汗
掬一捧，细细闻闻
竟没有半点硫磺的味道
我看着温泉二字窃笑

或许地热只是一个传说
把一个假象，煮热
也可成就另一种美好
在这个瑟瑟发抖的寒冬

有一种热，把身心浸泡

给予我们温暖

这也很惬意，也很好

2019 年 1 月 30 日 于深圳福田

假面

以假面向世界示好
孱弱虚无，都披上浮华
眼里的光迷离缥缈

一种光鲜，一种繁华
竭尽全力地粉饰
融释原本存在的真与假

恍若隔世的容颜
在镁光灯下极致炫目
仙子也投来一瞥艳羡

握着一支黑色的笔
无法书写深邃和厚重
只好，描向眼眶与眉尖

把内心掏空
做一张面膜敷上面庞
照照镜子，平添几许安心

假面罩着的灵魂

会否，带一些真诚

层层剥落，徒留虚空

浮躁炫舞的时代

假面，以潮流的姿态

把肤浅经营成灵魂的精装修

洗尽铅华

在喧嚣褪去的黑夜

假面，在暗影里哭泣

2018 年 12 月 6 日 于深圳福田

突然想起你

和你的往事

贮在芬芳记忆里

曾经的点点滴滴

化作一颗颗小珍珠

沉入，我的心海之底

时光飞速逝去

尽管没有天天惦记

尽管没有经常联系

但翻看陈年相册时

你还是，一脸沉静与甜蜜

时空变幻

斗转星移

风沙在旅途弥漫

光阴模糊了我的记忆

仿佛也模糊了，记忆里的你

在一个阳光灿烂又温暖的冬季

午后，突然有清风掠起

吹落几片紫荆花瓣

给静谧晴空带来惊喜

在心海击起，点点涟漪

就在这个午后

就随着这清风一缕

就这样无端地把你想起

托清风捎去久违讯息

原来，你一直住在我心底

2017 年 12 月 27 日 于深圳福田

云中谁寄锦书来

——观《北京遇上西雅图之不二情书》

天空中
慢慢游走的白云
是谁与谁的私语
又是谁，不经意间
吟过的诗句

当缘分
在一次阴差阳错里
如一个玩笑，滑稽开始
并温暖地延续与演绎

传奇般的故事
在查令十字街 84 号
发生、繁衍并茁壮
且在某一刻
奇妙地绽放、结果

云中
是谁寄来了一纸锦书
从突兀、可笑

直至在日子里渐渐习惯
习惯于枕着信笺入眠

感恩鸿雁
如若不是你热心捎寄
那张张信笺
只会片片飘落
化成秋风里瑟瑟的枯叶

领略过人世里
那些无果的尘世情缘
却在一纸信笺中
欣然觅得
一颗可以同律动的心

在昏黄的灯下
读着封封来信
把牵挂与想念读成习惯
把神奇而未知的你
读进自己的生命

音信阻断时
彼此都因之疯狂
只愿苍天能再遣来鸿雁
哪怕托来的

只是终止一切的宣告

人生的美好
美好里最动人的情感
或许只是一场豪赌
握一纸船票去博
在英伦岛国，与你相逢

2016 年 6 月 25 日 于深圳福田

掌心朝下

坐在小广场的石墩上
你低头弹奏六弦琴
独自，吟唱城市民谣

你的面前
摆着一个打开的琴盒
就像乞丐的铁盆

你唱着心酸或愉悦
用质朴的声音
换取，角角分分
有时，还能换得掌声

目光里有坚毅
歌声里没有沉沦
我们听得到
你的赤子之心

假如偶尔有人递张钞票

你也会微笑着接

却一定，掌心朝下

2019 年 8 月 23 日 于佛山高明

季节

夏蝉

在密林间的长久嘶鸣

与冬日旷野里

西风的嘶吼遥相呼应

一个宣告盛夏的酷热

一个昭示西北大漠的苦寒

桂花的芳香

桃红的灿烂

是天地间同一种美好

春华秋实的际遇与渊源

是那，宿命里的轮回

乳臭未干时举步蹒跚

羽翼渐丰了，奋力张开翅膀

看天高云淡

听流水在林间潺潺

人生四季似画卷，似迷途

我知道，前进的方向叫梦想

2018 年 5 月 30 日 于深圳福田

听香

暗自流动的芳香
在静夜里流淌
我听见风，和她们蜜语

枝叶摇曳的声响
是花香的欢唱
花影里，住着我的原乡

我在馨香的世界里
流连——徜徉
携着阳光漫步聆听

听着你在湖面弥漫
聆听你的脚步
穿过岩石罅隙，攀上山岗

湖面被你熏皱了
蜂蝶也听到你的号令
在和煦的风里，翩翩起舞

斑驳的墙皮

也被你熏酥了

啪嗒，掉一块在地上

我听见涌动的海潮

把一个几近干涸的梦

润泽——滋养

我听见，你在滋长

长成禅者的模样

因为——你自带馨香

2019 年 1 月 20 日 于深圳福田

遮蔽

你的生命，原本泛着光
你的灵魂，原本溢着清香
背起梦的行囊出发
尘埃与迷雾把真心蒙上
你的脚步，是否
已迷失了最初的方向

手持一支滴着墨的笔
却把墨香寻觅
脚踏一叶兰舟，却把兰心向往
你的目光似要穿越浓雾
心却被迷雾困住
日日奔波，只为执着你的执着

从云山雾海中回来
从灯红酒绿中醒来
你在铁鞋踏破的时刻
茫然归来，却意外发现
遮蔽你的不是云雾尘埃
唯有自己，方能遮蔽星辰大海

2019 年 1 月 24 日 于深圳福田

只为休憩

把自己的身躯摊开
就这样，平放在草地
让手臂如翅膀一样伸展

听草丛里的螳螂低语
听远处的枝头
有麻雀布谷黄莺在欢唱

闭上眼睛
让阳光像蚂蚁一样
在我的脸上，细细地爬

尽管还能听到大路上汽车的轰鸣
听到小径上有路过的牛羊
甚至，还有嘈杂的人声来打扰
可我一点也不心恼

因为躺下，不是为了睡眠
仅仅是想休憩
——哪怕片刻

2019 年 4 月 9 日正午 于深圳福田

心底的歌

窗前的墙角

有一丛小小的米兰

它幽幽地散发芳香

深夜的厅堂

有一支微光红烛

它默默把纸笔照亮

悠悠的旋律

在勾叉间流淌

灌溉桃李芬芳

心底的梦想

都缘起于三尺讲台

梦里有明天的太阳

将半截的粉笔

揉碎成我的文字

谱上曲

在心底轻轻吟唱

2018 年 9 月 8 日 于深圳福田

秋夜

凄清的风
把夜带至深秋
寂静的夜空
星辰寥落
风中，飘来一阵喧闹

驻足细听
那是，孩童在花园里嬉戏
我目不能及
却听到欢天喜地
那嬉闹，居然
那般沁人心脾

云低垂，月皎洁，风轻吟
我归家的脚步
也陡然轻捷
空中有黄叶旋舞
我的心，也无比轻盈

万家灯火

照亮我的脚尖

有一扇窗把我瞭望

一束目光

牵引着我的方向

秋夜，几许清凉

我的脚步，携着温暖

2018 年 12 月 2 日 于深圳福田

望海

海在我的面前汹涌
涛声在我的胸腔激荡
站在绵软沙滩
眺望，对岸绵延的群山

回想童年的我
曾在山脚下久久仰望
暗自憧憬，山的那边
有一片美丽的汪洋

跋涉，翻越山峦
执着，不只是为了翻越
不停歇的脚步，和心
一起向着大海

眼前翻涌的浪花，一朵朵
把我的喜悦沾湿
目光蒙眬里，山峦在前方
比梦里的轮廓更清晰

2018 年 12 月 15 日 于深圳大鹏

夜的叹息

夜的落寞
唯有，风能懂
风的脚步
唯有，夜听得见
那是一串沙沙的声音

暗夜，只看见
各处闪耀的灯
那是心底最深的痛

月亮是一把镰刀
收割了满天的星斗
收割着上班族匆匆的背影
最后，只剩下霓虹
在某个角落，孤芳自赏

星子缄默，月儿无语
夜的叹息
唯有，风听得见

2020年6月18日晨 于深圳地铁

时光在疯长

我在日日奔忙
也在，辛苦打理
不料，竟打理出一片荒凉

荆棘和荒草总长得蓬勃
梦想，却像一颗小苗
埋在其中，难以寻觅

时光在荒草丛生里
默默滋长，渐渐长成岁月

走进小巷，翻越一段矮墙
从一棵横卧的枯树身边经过
踏过一径蜿蜒的青石板
我站在一个村口回望

岁月里，长满了青苔

2019 年 12 月 27 日　于深圳布吉

卸妆

精心打理了一小时

只为清早出发的

浓妆

精致的妆容

在正午的艳阳下

恣肆绽放

人流攒动

声浪，似水沸腾

车流，在焦躁地呼叫

尖叫的假面，扭曲变形

喧嚣的楼宇街巷

把一切淹没

快节奏的繁华，深不见底

没有喘息

华灯映着霓虹

高脚杯下，摇晃着蹦迪

没有星星的夜

此刻，光怪陆离

夜已央，喧嚣退潮

繁华落幕，坐在台前

卸下厚厚的脂粉

整座城，也卸了妆

眼里，只有几盏街灯

和昏黄的灯下

流浪猫穿过马路的冷清

                2018 年 11 月 25 日 于深圳福田

海的眼睛

湛蓝的天空
恰似，一片湛蓝的海
那些轻盈盈的云彩
是清风，在海里掀起的浪花

烈日当空，灼出路人的汗滴
抬头看见，云朵簇拥着
一个亮闪闪的红色圆盘
我仿佛看到海之央
闪烁一只明亮的眼睛

我透过一扇窗
窥见天空之母，深邃的心
母亲的眼睛
切切远眺，望向异国的大海

一束湿漉漉的目光
穿透重重迷雾
凝望，大海的波心
我看到黑色的瞳仁里
站着，一个熟悉的身影

2019 年 11 月 7 日晚 于深圳地铁

青瓦上的青苔

一幢老房子，屋顶盖着青瓦
青瓦的青和青苔的青
并不是同一颜色

青瓦上的青苔，长在
那些背着阳光的角落或缝隙
它们离阳光更近，离天空更近
远离那些阴暗和潮湿

它们不会长成一首诗
不会在某一条幽长的小巷
引来撑着油纸伞的姑娘
它们只在屋顶，长成倔强

站在屋顶青瓦的边缘
青苔踮起脚，朝下看
地面上，石板上的那些青苔
被人踩着，画着，拍摄着

它们的心里
究竟是妒忌，还是窃喜

2020 年 6 月 7 日下午 于深圳地铁

路过一只猫

雪后的正午
阳光懒洋洋地铺在大地
云低垂着，天空只剩寂静
斜飞的几只小鸟也无声
空气里弥漫着闲淡和慵懒
尽管晒着太阳
雪儿，也懒得融化

一段废弃的老墙
横在冬阳下
墙根下，蜷缩着一只棕色的猫
它缩着头，闭上眼
长久地一动不动
拉近焦距，我看到
它身下垫着一块破毛毡

一丛枯草，扎破雪被
几只老母鸡在草间觅食
农人提着猪食跨过老墙
我旋即听到一阵欢声

似乎，一切都与猫儿无关

它只懒懒地翻个身

缩着头，躲进它的梦乡

此时此刻

一缕阳光，一块破毛毡

筑就了猫儿的整个世界

我悄悄路过，拾起一地春光

2019 年 1 月 20 日 于深圳福田

清浅

一袭疏影在月夜里清浅
你的漂泊
只是沧桑世事里的一点涟漪
不做凡俗的苦苦追求
你却有，你的执着
披一件破旧的蓑衣
撑起一湖的浪漫与诗意
忘却纷扰与繁华，心向彼岸

一盏渔火，摇曳出琴瑟和鸣
一树寒梅也与你情投意合
披星戴月的旅途上
拟一阕新词，你欲寄给谁
在我的眼里
湖心的一朵绿萍，一点菡萏
抑或山间放飞的一群白鹤
都像极了你一生的剪影

不混迹于浮躁和喧嚣
也没有陷入污秽横生的池沼

你就是一支清雅的乐曲

素简却有恒久的力量

恰似一缕清清淡淡的炊烟

穿越时空，萦绕于我的头顶

今宵无酒，暗香浮动里

你会否再入一个清清浅浅的梦

2019 年 1 月 21 日 于深圳福田

叩拜

山峦
向着青天，躬身匍匐
闪闪烁烁的金顶
静默在阳光下
穿着藏袍的老者
匍匐前行
头颅与心，离大地最近

浩瀚无垠的油菜花
高原的风携着她涌动
有一片汹涌的海
吞没，股股欢快人流
山坡上
青草地绽放格桑花

牛羊数着经幡
虔诚，接受大地的馈赠
低下头颅
唇齿亲吻大地
千万次，像虔诚的信徒一般
——无声叩拜

2018 年 8 月 11 日 于深圳福田

你好，中年男人（组诗）

1. 重压

你肥硕的身躯
长久
陷入那张黑色靠背椅
略微动一下
椅子便嘎吱嘎吱作响

你站起身笑笑
指着椅子说
身上千斤的重担
都转给了它
不知何时会压垮

可我想说，面对重压
椅子还会制造一些声响
你却顶着，始终
——没吭一声

2019 年 5 月 16 日 于深圳福田

2. 路遇

晨光里
遇见两鬓斑白的你
牵着一个满面笑容的孩子
匆匆往前赶
他背着书包，你背着电脑包

斜阳下
又一次遇见你
推着一个白发如银的老者
时不时，你俯下身子
与轮椅上的老人笑着耳语

与你擦肩而过时
一阵急促的电话铃声响起
我急忙伸手寻找
担心同事、领导或客户
又把我紧急召唤

回过头
看到你已把手机搁耳边
真希望，只是
你的朋友闲来找人聊聊

2019 年 5 月 17 日早晨 于深圳福田

3. 墙

人生

总有一些猝不及防

突然有一天

挡在你前面的那堵墙

轰然倒坍

来不及哭泣与悲恸

你猛然明了

前方已然无遮无挡

于是你懂得

自己也便成了一堵墙

遮风挡雨

向来无人教授

这与生俱来的本领

让你化身混凝土的、钢铁的墙

在风中雨中屹立不倒

　　　　　　2019 年 5 月 20 日 于深圳福田

4.温床

从前
这样的时刻
被优雅的人称作星夜
可现在，你的头顶
无星也无月

每一个幽深的夜晚
不是在奔赴饭局的途中
就是刚从酒桌下来
被代驾护送回家，为何
别人已入梦，你总在路上

其实，你也不愿
夜夜在酒杯里搁张温床
你也想，早一些
沐浴，更衣，上床
早早躲进温软的梦乡

2019 年 5 月 17 日 于深圳福田

5.诗与远方

你每天夹着公文包出门
里面，总有一本诗集
你总携着诗意
穿越钢筋混凝土的丛林

你说，日子不只有奔波与苟且
渴了，你会从诗海舀一瓢饮
诗不是生活与生命的全部
可你的生命，因此日渐丰盈

谈判时脑子里不会蹦出意象
草拟方案时笔下也流不出诗意
闭目养神时分，你却可以
托灵动的字句，把心寄给远方

2019 年 5 月 17 日 于深圳福田

2020 的第一天，冒着热气

2020 的第一缕晨曦
把我唤醒
亲切，欣喜，热烈，迫不及待
新年的脚步
厚厚的两层窗帘，也没挡住

作别又一个春夏秋冬
作别生命里又一个轮回
时光，在清脆的鸟鸣雀唱里
在楼底下孩童的嬉闹里
回到原点，可一切都是新的
一切都冒着热气

跨年的钟声还在耳边回荡
那些欢悦的歌儿，不愿离去
叮当叮当，把风铃的脆响
串成一首诗，挂在新年的门口

用昨晚抽奖得来的电热锅
煮一锅羊肉，或者

也可以把虾蟹螺贝煮在一起

围坐着，把日子煮得泛着泡儿冒着热气

2019，留下一个离去的背影

2020，欣然站在眼前

举一杯红酒，说一句祝福

真诚又热烈的话语

多像此刻——2020 的第一天

泛着温暖，冒着热气

2020 年 1 月 1 日 于深圳布吉花语馨

在钢筋混凝土的丛林中，
诗一样的生活

练立平

　　与诗歌，与文学邂逅时，还年少，还书生意气。那时的青年学生，常有一个关于诗歌，关于文学的梦。我也一样，十七八岁的年龄，学着写诗，渴望发表，梦想出版自己的诗集或"著作"。

　　时光飞逝如电，眨眼我已年近半百，人到中年。与诗，与文学渊源虽时日不短，但是从师范校园跨上教坛之后，被教案作业及工作生活的琐细所累，我曾渐渐与诗和文学疏远，严重的时候到了不读不写，文思枯竭，几近麻木的地步。

　　感谢深圳，感谢命运。命运让我选择了深圳，深圳让我的命运发生巨大改变……

　　我 2005 年来到深圳，就职于福田区耀华实验学校，成为了一名深圳的中学语文老师。或许是年少时生命里种下的文学种子，个人气质里散布的诗意因子起作用，在"传道受业解惑"之余，我也与学生们探讨文学，诵读诗歌。那时，我脑子里便萌生出一句话——准确地说是一种生命态度："在钢筋混凝土的丛林中，诗一样的生活"。我是这样说的，也是这样践行的，还时刻不忘把这样的生命态度传递给自己的学生们。

2005年12月21日，我的第一篇铅字作品《听书的日子》在《深圳特区报》"罗湖桥"栏目发表，这算是给我几近枯涸的"文学之湖"注入了一股清流、活水。往后的日子，我继续做着一个有情怀的语文老师，也偶尔敲击键盘写些心情文字，或是一些自娱自乐的诗歌。那段时间，诗与文学就在我旁侧，如影随形，也若即若离。

直到2018年，一个偶然的机遇，我与国家一级作家、福田区作协主席秦锦屏老师通过微信相识，我与诗，与文学的前缘得以再续，追逐缪斯之神的勇气与激情得以再度迸发。

在秦老师的引领下，我先是加入了福田区作家协会，接着又参加了"跟着名家去游学"的游学活动。福田作协给了我与文学靠近，向各位名家大家学习的大好机会；"游学团"更是提供了让我与编辑、学者、文学前辈同行与讨教的绝佳平台。

跟着游学团从青海回来之后，我与一群热情洋溢、才华横溢的文艺界"团友"的交往更密，情谊更深，我的文学创作，特别是诗歌写作也因之成井喷之势，绵延不止。

彼时的我，似一个沉睡已久的诗人被文学之神吻醒，创作的激情与灵感一发不可收拾。清晨，我为鸟儿的歌唱吟诗；午后，我在午梦里唏嘘感叹；傍晚，我因斜阳里的一朵鸟巢沉思；深夜，我听着渺远的犬吠而编写诗章……

彼时的我，像一辆加满了油开足了马力的机车，终日想的就是向前、向前，奔驰、奔驰，总觉停留了片刻都是浪费生命。于是，我每日为黎明背着书包独自上学的小女孩，为清晨打扫街道的环卫工人，为正午的街道旁睡在石板上的建筑工人，为暮色里在市民广场卖唱的文艺青年……编织诗篇，构筑诗境。

彼时的我，总有诗的浪花在眼前飞溅，总有诗的浪潮在心间涌动，总有诗的激情在胸膛激荡，总有诗的期待在美丽的梦中……诗的灵感总是不期而至，总是把我搅得"神魂颠倒"，以至于"一天不写诗，便是虚度光阴"的想法总盘桓于脑海。

诗歌，在生活，在前方，我一路追随。诗歌，让我愈加热爱生活；诗歌，让我的生命愈加丰盈。

持续在诗歌写作上用功、发力，我也陆续取得了一些进步和成绩，先是《深圳晚报》的汪仕林老师发现并发表了我在作协群发布的诗歌《父亲的年轮》，后来又有《心底的歌》在《深圳晚报》教师节专版发表，接着《南方日报》的陈美华老师又推荐了我的诗歌《听一首诗歌》，这是我的作品第一次在省级报刊公开发表，这让我欢呼雀跃，也让我坚持诗歌创作的信心大增。从那以后，我的诗歌创作热情越来越高，也陆续有数十首诗歌在《侨星》《宝安文学》《莲花山》《读特》《中国诗歌网》《睦邻文学网》等各类报刊及网络媒体发表。

一路走来，我在诗歌路上摸索探寻，并取得了一些进步和成绩，得到顾焕金老师、鲁克老师、刘迪生老师、秦锦屏老师、王松禄老师、甘丽英老师的鼓励和指点，也曾得到张文峰老师、王国华老师、虞霄老师、蓝予老师、刘小琴老师等老师的提携与肯定，还曾得到我的各界同道、文友倾力陪伴与支持。在此我要一并感谢！没有这些老师和朋友，就没有我的诗歌，也没有我的这本诗集。

40余年，深圳由小小渔村成长为一线城市，具有国际形象和影响的大都市，繁衍为一片现代化的钢筋混凝土丛林。15年，我在深圳的历程，让我完成了从"师者"到"诗者"的蜕变。正如顾焕金老师在序中所说，《听一首诗歌》，是我的诗歌处女作，我的诗歌作品还有较大的空间需要提升，还需要从量到质的飞跃。我深知自己的诗歌道路还很长，还需要我的执着与跋涉。

　　岁月如歌，未来可期。我要真诚地感谢生活，是你赋予我无尽的诗意，也是你赐予助我在诗歌道路上继续奔跑的一切伟力。在鹏城，在现代化的钢筋混凝土丛林里，我将继续追逐缪斯之神，继续诗一样的生活。

2020 年 11 月 5 日 于深圳福田